COLLECTION FOLIO

Marie Richeux

# Sages femmes

Gallimard

Marie Richeux est née à Paris en 1984. Depuis plus de dix ans, elle produit et anime une émission quotidienne sur France Culture. Elle a publié quatre livres chez Sabine Wespieser éditeur : *Polaroïds* (2013), un recueil de courtes fictions choisies parmi celles écrites quotidiennement pour être lues à l'antenne ; *Achille* (2015), une relecture contemporaine du mythe antique ; un premier roman, *Climats de France* (2017), salué par la critique et les libraires pour sa manière subtile et très personnelle d'interroger le lien entre l'Algérie et la France, en partant d'un bâtiment construit par l'architecte Fernand Pouillon et où a grandi la narratrice ; et enfin *Sages femmes* (2021), son deuxième roman, qui, à partir d'un fil généalogique, tisse les trajectoires d'une constellation de femmes liées par un destin commun.

*Aux* filles.

*Et à toi,* Grand Aigle, *que je suis des yeux.*

Et si les hommes étaient faits d'étoffe indémaillable, nous ne raconterions pas d'histoires, n'est-ce pas ?

PIERRE MICHON, *Les Onze*

# OÙ L'ON DEVINE LE MOTIF

Au croisement que formaient trois chemins du causse, une Vierge se disputait calme et immobilité avec les milliers de cailloux qui l'entouraient. Une couronne étoilée sur la tête, son ventre arrondi voilé d'un tissu bleu, elle avait l'air d'une fée. Sur le socle de la statue de bronze, on pouvait lire : *Et à l'heure de notre ultime naissance.*

Il faisait chaud et nous atterrissions au milieu d'un récit. Le bout de phrase laissait entier le mystère sur l'avant et la suite. Je notais le caractère effrayant, définitif et paradoxalement plein d'élan du mot *ultime.* Je notais, très évidemment, et plus que tout le reste, le mot *naissance.* Je mettais deux des cailloux dans ma poche.

Tous les croisements de chemins qui apparaissaient dans les histoires que j'aimais, je les imaginais désertiques et balayés de vents chauds. Un jour, un homme m'avait raconté une histoire de ce genre-là. Il était vieux et presque aveugle. Au tournant d'une phrase, sa voix s'était adoucie et il avait dit : « Dans l'existence, on peut se trouver soudain au beau milieu d'un carrefour : choisir de suivre le désir ou aller vers la mort. »

Pleine de crainte et l'espace d'un dixième de seconde, je superposai le carrefour des trois chemins de Lozère et le carrefour du vieux monsieur aveugle. J'étais le vieil aveugle et j'avais chaud. Avec la sueur me revenaient les mots d'un rituel sorcier pour l'invisibilité. Il se terminait par cette formule lapidaire et mystérieuse : « Au croisement, prends le croisement. » Sur le point de les prononcer dans l'espoir d'un soulagement, je me figeai silencieuse et ne disparus pas.

Dans la chaleur très sèche des montagnes, dans l'espèce de désert qui m'entourait, dans la terre battue soulevée par les brebis de la bergerie, dans le son des cloches qu'elles faisaient tinter, dans le vert d'un rameau attaché à l'un de leurs enclos, dans la nuit noire bientôt constellée, dans l'écho impressionnant des chiens aboyant sur les hauteurs, dans cet été qui commençait et me ramassait au sol, trois choses possibles se présentaient à moi. Trois choix que j'entendais énoncés par la Vierge-fée complice :

« Au carrefour, *à l'heure de l'ultime naissance,* tu peux désirer, t'éteindre, ou te dissoudre dans l'immobilité du croisement. »

*

En dépassant la Vierge, une immense cour apparaissait et menait à la bergerie. La chaleur de ces dernières semaines y avait retenu le troupeau à l'ombre. Les bêtes ne sortaient que la nuit et rentraient tôt le matin. Nous nous approchions dans la musique des cloches. Pendant de longues minutes, Suzanne et moi regardions les bêtes dans la paix. La haute toiture accentuait la sensation d'espace, quelque chose montait et la lumière se déposait tantôt sur le flanc d'une brebis, tantôt sur celui d'une autre. Un balancement que j'aimais bien.

Nous aurions pu dormir là. Le paysan qui nous avait aperçues s'étonnait de nous y voir encore à chacun de ses passages. En regardant les bêtes, nous creusions quelque chose sous nos pieds. La roche, le vert jauni de l'herbe, le bruit sec des insectes, quelques ailes de papillon, tout s'amplifiait de la soudaine fraîcheur des hauteurs. Les brebis regardaient Suzanne, Suzanne regardait les brebis. Les particules dorées de poussière flottaient dans le hangar immense, ouvrant la possibilité d'un infini. C'était un royaume simple et terrestre. L'odeur forte de la paille et du grain y régnait, la lumière diffusait par les fentes du bois. C'était un monde autre avec d'autres mots et leurs autres traductions. Il fallait déposer quelque chose pour en passer le seuil. Je déposai un vieux chagrin.

*

Le paysan avait fini par adopter notre présence. Il nous fit signe d'aller voir les deux juments de trait que sa femme s'apprêtait à harnacher. Elle nous raconta qu'elles étaient malades. Partageant le pré avec les brebis, les juments passaient après elles pour brouter et une mystérieuse affection les touchait. Le paysan attrapa Suzanne pour la hisser sur le dos de la plus âgée. Ses toutes petites jambes en caressaient les très larges côtes. De se trouver là-haut donnait à son regard une lumière que je ne lui connaissais pas. Un rêve de la nuit précédente s'emmêla soudain à la vision de Suzanne perchée sur la vieille jument. J'y montais un cheval particulièrement difficile à contrôler, il galopait et ce n'était pas contre le sol que cognaient ses sabots, nous fendions les eaux, la mer était pareille à de l'air tout autour de nous, nous respirions, sous-marins, haletants, pas noyés, encadrés par deux autres chevaux, parfaitement libres, galopant à notre niveau et tout aussi naturellement, dans les grandes masses d'eau qui nous entouraient. Ma monture ne portait pas de nom, mais je connaissais celui des autres bêtes. Elles galopaient avec leurs noms. Elles n'étaient peut-être que leur nom au fond, avec un corps puissant de cheval. Le premier cheval s'appelait *Madeleine*, comme ma grand-mère maternelle, le deuxième s'appelait *Phénix-qui-renaît-de-ses-cendres*. Leurs croupes, leurs crinières, le dessin de leurs muscles, tout était baigné d'eau, c'était à se demander si les bêtes ne formaient pas, elles-mêmes, une partie des vagues. Elles étaient aussi vives et mortes que les chevaux de pierre qui ornent les fontaines romaines. Elles étaient menaçantes, mais leur menace me plaisait. Elles éclaboussaient tout et j'avais soif justement.

Dans le grand calme de la bergerie, Suzanne remit pied à terre et je laissai partir le rêve. Les deux noms restaient, *Madeleine* et le *Phénix*, le *Phénix* et *Madeleine*, auxquels je rajoutais le nom du *Cheval Sans Nom*, puisque leurs puissances, au fond, avançaient ensemble. Ce nom *Sans Nom* était aussi plein que les deux autres. C'était un nom avec de l'espace dedans. Une infinité de questions. Je me mettrais bientôt à les poser. Suzanne et moi quittâmes la bergerie.

*

Dans l'air glacé du soir et la musique des sonnailles, la lampe torche braquée sur son regard d'enfant, Suzanne me dit juste avant de dormir : « Je suis un cheval moi aussi. » Je remontai la couverture de laine sur son corps et déposai un baiser sur chacune de ses joues. Je fermai doucement son compartiment de tente. J'aurais cet été-là deux maîtres ignorants : l'enfance imprévisible de ma fille, la langue intraduisible de mes rêves. Je m'endormais comme une masse près d'un homme qui me suivait des yeux.

*

Le matin, quand nous sortions froissés des nuits de montagne, j'attrapais le carnet gris et rassemblais les images qu'il me restait des songes. Je me frottais le visage, rejoignais Suzanne et son père au bord d'un café brûlant. Suzanne regardait au loin une partie du troupeau de brebis qui rentrait, un chien sur le bord de la route, et demandait : « Elle est où, sa maman ? »

Je replaçais le carnet dans le sac à dos et, au fond de la petite poche, touchais du doigt la dent de ruminant trouvée quelques semaines plus tôt sur l'étalage d'un professeur de biologie partant à la retraite. Elle ne me quittait plus. La dent était imposante, prenait l'entièreté de ma paume, comportait cinq ou six racines et, regardée de haut, elle avait l'air d'un glacier plein de crevasses.

Voilà où j'en étais : une Vierge à la croisée de trois chemins annonçait l'heure de mon ultime naissance, un cheval sous-marin portait le nom de ma grand-mère maternelle, un autre celui du Phénix-qui-renaît-de-ses-cendres, une fillette reformulait des questions que mes rêves traduisaient en images, un troupeau de brebis me retenait au sol, je déposais un chagrin pour entrer dans une bergerie et je devais raisonner plusieurs fois par jour une terrible envie de prendre mes jambes à mon cou.

J'avais l'impression tenace de traverser un été de deuil. J'avais l'impression de m'arracher à un continent. Il était quasiment impossible de me sentir d'un seul morceau. Autre le matin, autre le midi, autre le soir.

Nous quittions bientôt la bergerie et prenions la route pour un nouvel endroit où planter la tente. Un endroit que nous connaissions, mais n'étions pas certains de retrouver, un endroit visité trois ans plus tôt, qui m'avait laissé de nombreux souvenirs, parmi lesquels une nuit d'orage.

*

Cette nuit-là, le Tarn s'était gonflé d'averses puissantes, nous nous étions endormis et les averses, quelques heures plus tard, nous avaient réveillés. Les gorges rocheuses et leurs robes noires nous surplombaient. La toile de tente était mitraillée de gouttes de pluie, projectiles de petit plomb, le tonnerre se cognait sur tout ce qu'il trouvait de haut et le ricochet de ces sons composait une longue plainte sombre qui déchirait le ciel et nos corps. Les éclairs se glissaient par la toile grillagée de la tente, ils étaient puissants, coupaient le ciel en deux, le signaient, puis disparaissaient après avoir électrifié ma colonne vertébrale. J'avais peur. Je comptais les secondes entre la lumière et le son. L'arbre près duquel nous dormions me semblait frêle et dangereux. C'était le messager du ciel en colère. Pour la première fois de ma vie, j'avais peur de l'orage. Pour la première fois, j'avais peur de mourir de l'orage. Nous montâmes précipitamment dans la petite voiture, je tremblais, nous roulâmes quelques mètres sur la boue du terrain, comptant les secondes entre la lumière et le son. « L'orage est tout près, avais-je dit, les genoux retenus contre mon torse, l'orage est là. » Grelottants, refroidis, pleins d'électricité, nous écoutions tonner et retrouvâmes la tente une fois l'orage éloigné.

Le souvenir de cette nuit ne revenait jamais seul. Il en épousait un autre. L'automne qui avait précédé, des jeunes hommes de mon âge tuaient cruellement plusieurs dizaines de personnes dans une salle de concert à quelques centaines de mètres de celle où j'écoutais une autre musique, ils tuaient aussi d'autres personnes à des terrasses de café, d'autres encore aux alentours d'un stade. Les nouvelles tombaient sur nos petits écrans tremblants. La traversée de Paris quelques heures plus tard, le visage hagard des passants, ce silence terrible, je les rapprochais inlassablement du silence survenu après l'orage cet été-là.

Après cette nuit de novembre, je m'étais sentie comme une particule de poussière prise dans des courants d'air glacé. Tout me semblait blessé.

Après la nuit de juillet, contre tout ce que l'on pense être *les lois de la nature*, ou plutôt parfaitement en accord avec leur puissance, je tombai enceinte de Suzanne.

*

Nous avions retrouvé cet endroit près du Tarn et prévu d'y passer quelques jours. Suzanne et son père dormaient, moi je suivais la piste des *Disparus* de Mendelsohn. Rien ne me rendait plus heureuse que lire lampe torche vissée au front. Le sommeil qui m'abattait le reste du temps, ces nuits-là, je ne le voyais pas venir. Je suivais cette piste avec endurance et le très épais livre de poche ne quittait pas mon sac à dos. La manière dont sa quête généalogique, personnelle et historique, se tressait avec le commentaire de la Bible me fascinait. Parmi les nombreux personnages auxquels je m'attachais, il y avait Froma, l'une de ses plus anciennes amies. Froma se retournait toujours, toujours une dernière fois sur le chemin, pour être certaine de ne pas manquer une parole fondamentale ou l'apparition d'un visage. Elle disait des choses comme : « Le problème, c'est que vous pensez la complexité comme un problème, alors que c'est la solution », et moi c'est exactement ce que j'avais besoin d'entendre cet été-là. Froma et Daniel étaient devenus des amis proches, bien qu'imaginaires. Il me tardait toujours d'ouvrir le livre pour les retrouver. Froma disait qu'il fallait poser des questions, qu'il fallait chercher, que des *choses* se produisaient par l'acte même de chercher, des *choses* qui sinon n'avaient pas lieu. La lampe torche éclairait les phrases que je relisais sans cesse, j'étais sous la tente dans les montagnes françaises, j'étais aussi en Pologne, ou au bout du fil, en conversation avec une vieille professeure d'université américaine.

Nous avions retrouvé l'endroit de l'orage et avions presque replanté la tente au même endroit. Je rangeai la lampe, refermai le livre, me glissai sans bruit au-dehors, me déshabillai, les étoiles par milliers constellaient mon corps. Je marchai dans l'herbe humide du terrain, je rejoignis l'eau noire et les poissons fluorescents. J'entrai dans la rivière réchauffée par l'obscurité, je regardai ma peau disparaître dans les flots, nageai quelques secondes dans un léger frisson. Les montagnes étaient de grandes masses noires magiques auxquelles je pouvais m'adresser. « Je suis revenue, fis-je dans un souffle de brasse. Ma fille Suzanne dort sous la troisième tente à gauche, là-bas, sous l'arbre, près de son père. Ma fille Suzanne, vous savez ? » Et les montagnes noires de se pencher délicatement sur mon corps blanc dilué dans l'eau, comme on ferme les paupières à la place de dire *oui*. Je nageais. À l'eau, j'ajoutais les larmes les plus douces que je n'avais jamais pleurées. C'était une offrande à la rivière qui me le rendait bien. Tout mon corps buvait en nageant, les légers courants orientaient mes chevilles, il me naissait, invisibles, quelques écailles sous les cheveux.

Il était inutile d'expliquer aux montagnes que l'orage, trois étés plus tôt, avait déposé en moi peur de la mort et possibilité de la vie. Il était inutile de leur dire que ces éclairs m'avaient en somme annoncé l'impensable, le tranchant du réel, la naissance de Suzanne. Il était inutile de leur dire, alors je continuai de remonter la rivière. La lune montait aussi, pleine aux trois quarts, pas toute pleine et c'était bien comme ça. Je traversai de nouveau la prairie, les gouttes ruisselaient sur mon corps, et je touchai les petites écailles bleutées sous mes cheveux. Je m'ébrouai devant la tente et me glissai sous les draps. « Tu as le corps frais », entendis-je avant de fermer les yeux.

*

La nuit qui suivit, je fis un rêve aux contours très précis. Je montais dans un train et prenais place près d'une fenêtre. Les paysages, par la vitesse, se précipitaient les uns dans les autres, pour ne former qu'une seule couleur qui dansait. J'entendais la rumeur de plusieurs voix se rapprocher de moi. Une troupe de théâtre s'arrêtait à chaque rangée de sièges pour jouer une scène brève et intense. À chaque rangée, la même scène se répétait et gagnait en intensité. Les mots me devenaient plus audibles, plus précis, je savais que la troupe arrivait près de moi. J'allais assister, moi aussi, à la scène de théâtre. Comme les voix se rapprochaient, je comprenais qu'il n'y avait que des comédiennes dans la troupe. La scène n'était jouée que par des femmes. Je devenais de plus en plus curieuse de la découvrir. Au moment où je vis apparaître un pan du lourd tissu de laine dont étaient faites leurs robes et juste avant que je ne puisse déchiffrer leurs visages, un hululement de chouette me réveilla.

*

Où en étais-je désormais ? L'été se finissait, le souvenir de la statue de la Vierge ne s'estompait pas, ni le rêve des chevaux *Phénix*, *Madeleine* et *Sans Nom*. J'écoutais tous les soirs, un peu plus longuement, les cloches des animaux dans les montagnes. Je m'en berçais. Je renseignais Suzanne sur le temps qu'il faisait, qu'il allait faire. Je tentais de satisfaire aux *pourquoi* de plus en plus nombreux et ne cessais d'imaginer des réponses à cette unique question adressée aux chiens, aux fleurs, aux arbres : « Elle est où, sa maman ? » Où était la maman des étoiles ? Je l'inventais. Où était celle du petit oiseau sur la branche ? Je l'inventais. Et celle du bébé chouette et du bébé dinosaure dans le livre ? Je l'inventais aussi. Où était la maman de Pablo ? Je me taisais. « Elle est où, sa maman ? » avait demandé Suzanne partout, tout le temps, à tout propos, tout l'été, et puis elle avait cessé de le faire, d'un seul coup, comme si les mots avaient disparu de son crâne.

*

Peut-être c'était aussi moi, la maman, et je commençais d'*en revenir* ? Peut-être qu'on me verrait bientôt sur le pas de la porte, épuisée d'après l'orage, les joues trempées, roses et vivantes, pour dire : « Nous sommes le matin, Suzanne » ; « Tu peux te recoucher, ma Suzanne » ; « Vois-tu venir la nuit ? »

Peut-être, c'est cela que l'on dit aux enfants : que la nuit vient, la nuit vient toujours, et qu'après elle le jour vient, le jour vient toujours, qu'il faut s'y tenir, marcher dedans et debout, car la nuit revient et parfois nous obscurcit le cœur, cœur qui de nouveau s'allège, car toujours revient le jour. « Je suis là », disais-je à Suzanne à la fin de l'été. Une occasion inespérée de me le dire à moi-même.

# LES APPARENTES COUTURES

Je m'appelle Marie et voilà ce qu'il me restait d'une vague légende familiale : alors qu'il n'avait pas encore d'enfant, mon père avait rencontré une petite fille nommée Marie dans le village où il était né. Elle était apparue au beau milieu de la joie, dans la lumière si particulière de ce pays breton, vivante, loquace, étonnante. Devant l'enfant, mon père aurait dit : « Si j'ai un jour une fille, elle s'appellera Marie. » Il tint sa promesse. On ne me racontait pas combien de temps avait passé entre cette rencontre marquante et la grossesse de ma mère, mais on me racontait cette histoire plusieurs fois.

Mes parents avaient tous les deux, de manière très différente, reçu un peu d'éducation religieuse. L'époque le voulait. Les familles ne nourrissaient aucune ferveur, mais l'église était là, dans un coin du village ou au détour d'une avenue. Jeune adulte, après avoir passé bien des années en pension loin de la ferme de ses parents, mon père se confrontait aux idées en circulation à la fin des années 1960. Les choses en entraînant d'autres, j'avais grandi en l'entendant fustiger toute forme de dogme, rejeter toute forme d'Église, religieuse ou politique, et pester contre le sort qu'elles avaient réservé aux femmes, aux libertés, à la science. Il était athée, anticlérical, et j'aimais bien le décrire comme ça. Ma mère était arrivée à un point similaire, peut-être plus antireligieuse encore, mais plus tard. Ayant connu une période de foi, fréquenté des groupes de jeunesse alliant culture, voyage et Église, je ne sais quand ni pourquoi elle avait un jour cessé de croire en Dieu. Elle avait finalement nourri une sévère critique à l'égard de tous les cultes et les clergés. Nos parents étaient attachés au raisonnement cartésien, nous avaient transmis cet attachement, l'amour des sciences et de la pensée critique allaient avec un certain rejet de la religion.

Je m'appelle donc Marie et j'avais longtemps considéré mon prénom comme le prénom le plus commun, un prénom campagnard, que j'aimais notamment parce que des femmes de tous les âges et de toutes les conditions le portaient. Je trouvais mon prénom simple et sans époque, et c'est exactement ce qui me plaisait chez lui.

Mon frère s'appelle Pierre. De même, j'y avais longtemps vu la banalité du *p'tit Pierre* courant dans les rues ou les champs, la plaisanterie la plus courante de notre enfance avait été : « Voilà Pierre et Marie Curie ! » La petite école maternelle de banlieue où nous étions scolarisés portait leurs noms. Nous étions Pierre et Marie, frère et sœur aux prénoms simples et sans âge. Jusqu'à cette grande conversation avec mon amie Rachel.

Je ne sais plus comment nous en étions arrivées à parler des marins. Elle avait grandi dans une ville portuaire, de nombreux marins l'entouraient et, avec eux, les histoires de naufrages, de chapelles, de prières aux disparus. Nous avions évoqué le lien fort qui existait dans son enfance entre l'Église et ce drôle de peuple, toujours sur le départ. Les traversées, les paies envoyées de loin, les terre-neuvas, les mères et les enfants à quai, impatients, las parfois de guetter l'horizon, nous avions parlé de tout ça. Rachel avait éclaté de rire lorsque j'avais évoqué nos prénoms, déroulé comme je viens de le faire la petite légende familiale, et son rire, clair, avait redoublé, était passé par-dessus les klaxons, comme les vagues dont nous décrivions la force, lorsque j'avais rajouté que mon père s'appelait Jean et qu'il était né un 25 décembre. C'était drôle. C'était vraiment une farce d'avoir tant brandi l'anticléricalisme de mes parents, notre éloignement prétendu de toute culture religieuse, souvent précisé que nous n'étions pas baptisés, pour retomber sur Jésus, les apôtres et la Vierge. Nous avions beaucoup ri. Elle m'avait raconté que Marie était une étoile de la mer pour le peuple des marins. Ce qui l'unissait aux navigateurs était pluriséculaire. Elle avait décrit les processions à la Vierge sur de nombreuses côtes du monde entier, pour protéger la vie de ceux qui partaient naviguer. J'avais raconté, moi, étonnée de le faire, la mort de mon oncle Charlot. Au milieu des années 1970, le frère de mon père, juste aîné, avait perdu la vie dans un naufrage aux explications mystérieuses, au large du port de Gênes, en Italie. Je ne savais que cela, le corps n'avait jamais été retrouvé. C'était quelques années avant la rencontre de mon père avec la petite fille lumineuse, et quelques années avant ma propre naissance.

Des mois après cette conversation, de rapides recherches me faisaient découvrir que bien des églises ou chapelles côtières rendaient hommage à Marris Stella, étoile de la mer, Notre-Dame des flots, Notre-Dame du bon port, Notre-Dame des marins, et que le jour de célébration choisi au calendrier pour cette sainte patronne protectrice des marins correspondait à la date précise de mon anniversaire.

*

Suzanne aimait que je répète la succession des saisons. « Après l'été vient l'automne » était l'une de ses phrases préférées. « Et qu'est-ce qui finit ? demandait-elle. — Rien ne se finit, autre chose vient. Les feuilles changent de couleur, le soleil descend, les jours continuent de raccourcir, bientôt c'est octobre et nous nous lèverons le matin sans lumière. » Nous avions pris l'habitude de saluer la lune le soir quand elle se montrait, et Suzanne de demander si le soleil, en nous quittant, rejoignait sa maman pour dormir.

C'est elle qui ce soir-là peinait à s'endormir et me rejoignit dans le couloir pour plier le linge. Sur le sol, des piles de vêtements se répartissaient en fonction des tailles, Suzanne m'observait et je m'observais refaire des gestes que j'avais observés enfant. Les soirs d'hiver breton, à la table du salon, mon père repassait du plat de la main les torchons et les polos, pendant que crépitaient télévision et bois dans la cheminée. Il plaçait la vieille corbeille d'osier à même la table, en sortait le linge froissé et le remettait plié dans la même corbeille avant d'aller dormir. Bien des années plus tard, les petites mains de Suzanne maîtrisaient pareillement l'art de réduire en carrés les torchons de coton épais, éliminant les plis avant de les empiler. Mal installées dans le couloir, le soleil tardif nous repeignait en orange et nous étions les reines du tissu quotidien.

J'avais entrepris de ranger quelques robes d'été trop légères désormais pour être portées et Suzanne en profitait pour les essayer. Elle se pavanait jusqu'au salon dans de longues traînes fleuries, revenait ensuite pour en prendre une nouvelle et me rendre celle tout juste passée pour que je puisse continuer mon travail. L'une de ces robes était un fourreau de coton élastique, rayé beige et rouille, qui laissait les épaules totalement nues et descendait jusqu'au-dessous des genoux. C'était la robe la plus confortable de mon vestiaire et c'était ma préférée. J'avais acheté le tissu dans une grande boutique de l'avenue Didouche lors de mon premier voyage en Algérie. Mon amie Ariane avait acheté le même dans une autre teinte. Ce tissu n'avait rien de précieux, rien non plus qui puisse rappeler la ville que nous découvrions et qui nous émerveillait, mais nous l'avions immédiatement élu. Au retour de ce voyage, j'étais allée passer quelques jours chez tante F. avec l'intention d'en faire une robe. C'était un été très chaud. Tante F. avait accueilli mon projet avec l'enthousiasme que je lui connaissais devant les travaux de couture. Elle avait pris mes mesures sous l'œil amusé de la petite chienne noire, nous avions acheté ce très large bandeau d'élastique souple qu'il fallait pour maintenir la robe sur mon torse, et nous avions posé sur la table du salon la fameuse machine à coudre. La robe finie était d'une simplicité irréprochable. Elle redoublait de charme quand ma peau se hâlait, je l'avais portée, c'était dix ans en arrière, lors d'un pitoyable rendez-vous avec l'homme qui deviendrait le père de Suzanne. Toutes ces images me revenaient dans une précision folle au moment où Suzanne, justement, décida de la passer pour poursuivre son défilé joyeux. Évidemment, elle y flottait comme dans un sac de couchage usé, d'ailleurs le coton rayé accusait un peu le coup des années, mais les coutures avaient tenu, le coton élastique avait pu épouser toutes mes silhouettes et elle serait pour toujours un trait tracé entre trois points chers à mon cœur : Alger, tante F. et la lumière de l'été.

*

Toujours, quand il fallait acheter du tissu, réaliser une housse pour un fauteuil trouvé dans la rue, reprendre telle ou telle doublure de manteau, je téléphonais à tante F. C'était à la fois l'assurance de recevoir un conseil avisé, et un prétexte pour partager avec elle quelque chose de joyeux. Je l'avais toujours vue coudre. J'avais appris que sa grand-mère Ernestine en avait fait son métier, mais n'en avais jamais entendu davantage. De même n'avais-je jamais entendu grand-chose de cette lignée de femmes qu'un jour on me décrivit brièvement.

Au détour d'une conversation, ma mère avait évoqué une lignée de *filles-mères,* des femmes qui donnaient naissance, hors mariage, à des enfants qualifiés d'illégitimes, de bâtards, de honteux, ou de fautifs. Je vis apparaître ce terme pour la première fois un jour de très grand soleil. Je le vis comme une sculpture dans les airs, un assemblage solide que j'allais décomposer des années durant. Ma grand-mère Madeleine était une *fille-mère,* Ernestine, sa mère, était une *fille-mère,* Marie-Julie, la mère de celle-ci, était une *fille-mère.* Le tout remontait, comme ça, jusqu'au milieu du XIX^e^ siècle.

Ma mère avait mentionné une drôle d'histoire de répétition d'âge, mais en avait oublié les détails. J'avais étalé de la crème sur la peau de son dos hâlé et contemplé mentalement cette lignée de femmes. Je me la figurais comme une peinture ancienne et lui donnais le halo d'un fantôme régnant soudain sur mon jardin d'enfance.

*

Les rêves de l'été m'avaient mise sur la piste de Madeleine. Ce prénom était inscrit à côté du mien sur mes papiers d'identité, ainsi que le prénom de mon autre grand-mère, comme cela se faisait. Si *Madeleine* était un cheval à suivre sous l'eau, si le *Phénix* me promettait renaissance, je me confondais peut-être au troisième animal, *Sans Nom*, effrayant de puissance, qui galopait à leur côté.

*

Je ne savais pas grand-chose de Madeleine. Elle était morte l'année de mes quatre ans. Quelques photos me montraient à côté ou dans les bras d'une très belle femme aux cheveux blancs et yeux gris-bleu. Je connaissais quatre ou cinq anecdotes : le persil que l'on coupe dans un verre avec des ciseaux retournés, le cancer, un dernier voyage au Portugal, les quelques mois de septembre en Bretagne avec mon frère. Je savais surtout le silence de ma mère à son propos. Ma mère portait aussi le prénom de sa grand-mère maternelle Ernestine, elle n'en savait pas la moindre chose, moins que moi encore, et ne l'avait jamais connue.

Les prénoms se transmettaient donc en silence et sans récit, sans aucune image ou presque, qu'est-ce qui passait dans ce bagage ?

*

« Ta grand-mère Ernestine, elle meurt quand ? Elle vit où à la fin de sa vie ? Tu te souviens d'elle ? »

J'imaginais parfaitement le canapé sur lequel était assise tante F. en me parlant. Son appartement près de la forêt, la photographie longiligne sur laquelle galopait le même troupeau de chevaux sauvages depuis mon enfance, une sorte de tapisserie de laine accrochée plus loin sur le mur, la table faite du même bois qu'un grand meuble occupant la totalité d'un autre mur du salon et dans les étagères duquel on trouvait des livres, une collection de figurines de chevaux, quelques petites boîtes (dont certaines récupérées à la mort de tante D.), des disques et une télévision. Je pouvais visualiser le journal plié à la page des mots croisés et, posé par-dessus, un criterium dont la pointe étudiée convenait parfaitement aux cases à remplir. Je pouvais visualiser la peau de sa joue encore fripée du sommeil de la sieste, la couleur et la texture de ses cheveux blancs coupés court, la couleur si particulière de ses yeux, dont on disait qu'ils étaient assez proches de ceux de Madeleine. Je pouvais visualiser la panse de sa chienne se lever et se baisser, et le faire brusquement de manière plus marquée, comme il arrive aux chiens de soupirer bruyamment pendant les conversations téléphoniques.

« Elle est morte à Paris en 1944, ou 1945, attends voir, peut-être même 1943 ? En tout cas, je me souviens de sa mort, donc j'avais peut-être dix ans, ça voudrait dire 1945, alors ? Je ne sais plus… C'est très loin pour moi, tout ça. Ernestine… c'était une vraie tête de mule et elle m'adorait. Mais est-ce que je me souviens de ça ou c'est ce que disait maman ? Maman gardait jalousement ses secrets, tu sais – je suis bien placée pour le savoir –, elle répondait : “Ça, c'est ma vie” quand on l'interrogeait trop. Ernestine et elle étaient très proches dans mon idée, et moi j'étais dans leur giron. Quand un homme arrive, qui va être le mari de maman, tout change ! Ernestine meurt peu de temps après leur rencontre. Je me souviens qu'elle venait me chercher dans le nouvel appartement. J'ai cette image, d'elle et moi, sur ce nouveau boulevard. Ma grand-mère avait un corps imposant. Si tu veux, je t'enverrai une photo où elle me tient dans ses bras, je disparais presque dans l'image tellement ses épaules et son torse sont larges. Ensuite, c'est un chapitre différent dans la vie de Madeleine… et sa mère en est morte, on pourrait presque dire les choses comme ça. Mais je me pose une question… Qu'est-ce que tu vas faire avec ce que je te raconte ? »

Tante F. avait rappelé un peu plus tard, une adresse lui était soudainement revenue en mémoire : la rue Hermite à Paris. Une petite pièce sombre, exiguë, encombrée au rez-de-chaussée, l'endroit où vivait Ernestine dans les années 1930 et 1940. Tante F., dont la voix me semblait directement parler depuis le passé, décrivait des lumières, des corps, la vision floue d'un bâtiment du personnel de l'hôpital Saint-Louis où Madeleine et elle avaient peut-être vécu un moment, les premières années de sa vie. Revenaient des noms de rues, le 10e, le 18e arrondissement de Paris. « Ernestine faisait des travaux de couture. Je me demande si elle ne vendait pas des fleurs aussi. Des petits travaux de femme seule, pour survivre dans Paris… la couture, je me souviens de ça, c'est sûr. Je ne saurais rien te dire de plus sur Ernestine. Elles étaient liées par l'absence des hommes et la volonté de se sortir de la misère. Il m'a toujours semblé que ma mère avait peur des hommes, il fallait s'en méfier. Que tout le monde s'en méfie. Ils n'étaient pas là, pas dans nos vies, surtout pas dans nos vies. Pas de sexe, pas de sorties, les hommes, ils étaient absents ou ils n'étaient rien, ils étaient effrayants ou ils étaient partis, sauf le dernier – mais l'aimait-elle ? –, sauf son fils, mais c'est une autre histoire. Qu'est-ce qu'on m'a dit des hommes à moi ? Qu'est-ce qu'elle m'a ouvert comme chemin pour les hommes ? Rien ! Moi j'ai eu la route barrée vers les hommes, les pères et les hommes, c'était forcément quelque chose à fuir, non ? Enfin, ils avaient été manquants. Tu sais, juste avant sa mort, maman avait demandé à être enterrée dans une chemise de nuit de jeune fille, blanche, comme pour être de nouveau dans la pureté.

— Et vous avez respecté son vœu ?

— Évidemment ! »

*

Dans le petit carnet des rêves d'été, on pouvait lire des descriptions minutieuses de maisons, des maisons dans lesquelles j'entrais et où le désordre me gênait, tout était trop dérangé et trop fou. À chaque fois, il était noté que les maisons étaient en *bordel*.

*

Le soir de ma discussion avec tante F., j'interrogeai les archives en ligne. Je rencontrai leurs écritures penchées. Ernestine était née en décembre 1882, à l'hôtel-Dieu de Reims, *de père inconnu*. Je relevai les noms et les métiers des personnes qui avaient déclaré la naissance. Un monde apparaissait : des paysans, des menuisiers, des serruriers, un employé de mairie, un monde entier venait si l'on tirait sur leurs noms, la fin du XIXe siècle, et, déjà, un peu de la pierre noircie des hospices rémois. Je lisais et relisais les mêmes actes, l'énergie que je mettais à les imprimer en moi était contrée par l'énergie qu'ils mettaient à ne pas s'inscrire. Ça continuait de ne pas s'inscrire. Je fermai l'ordinateur, marchai un peu dans la pièce, essayai de dire à voix haute les dates et les noms, mais ils disparaissaient de ma bouche, ils m'échappaient. J'ouvrais l'ordinateur, les lisais une nouvelle fois, et ils disparaissaient encore. Le jeu dura tant que mes yeux étaient vaillants, j'allais éteindre pour de bon quand une mention attira mon regard : *Reconnue par la mère naturelle, en janvier 1883.* Presque un mois après la naissance. Reconnue par la mère ?

Je m'endormis en répétant : décembre 1882 à l'hôtel-Dieu de Reims, naît une petite fille *de père inconnu*, nommée Ernestine. Cette petite fille, devenue femme, donne naissance à une petite fille *de père inconnu*, qu'elle appelle Madeleine. Cette petite fille, devenue femme, donne naissance à une petite fille *de père inconnu*, qu'elle appelle… c'est tante F., qui ne fit pas d'enfant. Je ne savais pas ce qu'il en était pour Ernestine, mais je savais que les pères des petites filles suivantes n'étaient pas si inconnus que cela. Ce n'était pas mon affaire. Je venais de recomposer l'image de cette lignée de femmes, décrite par ma mère un jour de soleil aveuglant, quelques années plus tôt. Elle partait de tante F., fille de Madeleine, reliait le XIXe siècle de la campagne rémoise au XXe de la capitale bientôt plongée dans la Seconde Guerre mondiale. Je notai les dates de naissance et les dates d'accouchement sur un bout de papier, il apparaissait soudain une répétition plus troublante que celle du sexe des nourrissons : sur plusieurs générations, ces femmes avaient accouché dans leur vingt-septième année.

*

Le rêve du train, la troupe de théâtre uniquement composée de femmes, la scène se rejouant à chaque rangée de voyageurs et s'interrompant avant que je ne puisse y assister…

*

« Je ne sais pas grand-chose », avait coutume de dire tante F. « J'ai coupé avec tout », avait coutume de dire ma mère. Les archives étaient plus bavardes que les femmes de ma famille… qui l'étaient pourtant sur bien d'autres sujets.

Il me semblait passer une nuit endormie, mais éveillée. On éclairait des choses pour moi qui me restaient noires. Au matin, je trouvai sur ma table d'écriture un mystérieux Polaroid. On y devinait deux visages en train d'apparaître : celui de Suzanne et le mien. Nous émergions de l'obscurité d'un cliché mal développé. Son père l'avait déposé là. Je le rangeai.

Je me figurai plusieurs fois le corps gisant de Madeleine dans une robe de nuit de coton blanc devenu son vêtement éternel.

*

J'avais découvert le travail de Sheila Hicks à travers la galerie vitrée du Centre Pompidou. Par la fenêtre, d'impressionnantes pluies de laine m'avaient arrêtée. J'étais entrée, et d'abord n'avais pas remarqué le cube blanc, pourtant central. Je tournai autour pendant plusieurs minutes, déambulant entre ces lianes de fils colorés qui paraissaient tomber du ciel. Suzanne, enroulée contre moi, dormait de son sommeil le plus calme. Il me semblait ne rien découvrir des œuvres autour, il me semblait qu'une main aimante et bien informée avait simplement réuni là ce qui, depuis toujours, touchait mon cœur. Pile de tissus simples et usuels, petits ouvrages de broderie magiques, immenses amas de couleurs en boules, habits minuscules d'enfants des autres temps. Je marchais, ralentissais le pas, les pièces exposées me racontaient des histoires et j'en connaissais la musique. Cela ressemble, me disais-je, *à un poème que j'ai appris avant de naître.* La respiration de Suzanne, toute bébé, rythmait ma déambulation. À quoi était-il plus sensé de se raccrocher maintenant ?

À l'intérieur d'un cadre, sur l'une des cimaises, apparaissaient deux petites chaussettes rapiécées mille fois, un ton sur ton bouleversant face auquel je demeurais stupéfaite. Que l'on puisse réparer les choses m'était toujours apparu comme une faculté humaine extraordinaire. Que cela puisse revivre, de nouveau fonctionner, de nouveau protéger du froid les orteils d'un enfant, j'avais toujours trouvé cela merveilleux. On apprenait que ce vieux rapiéçage était l'œuvre des sœurs carmélites du bois de Boulogne et un peu de leur silence était entré dans le cadre. Je passai la main sur le tissu qui maintenait le corps de Suzanne contre mon torse, ôtai une grosse larme de ma joue, et réalisai que nous étions, depuis les premières heures de la matinée, nouées dans un cocon de textile. Du body croisé de coton à même sa peau si fine, jusqu'à la veste bleu électrique qui nous habillait toutes les deux comme un seul corps : une chrysalide.

Plus tard, j'entrais dans le cube blanc. Un film y était projeté. On y suivait Sheila Hicks dans sa prime jeunesse, ses voyages, le Chili, le Maroc, l'Inde, la découverte des matières, des techniques. Il y avait de la musique et Suzanne ne se réveillait pas. Pas davantage lorsqu'une femme, grande et âgée, vint s'asseoir sur le banc central en toussotant. Le film arrivait au bout de sa première boucle, les spectateurs se levaient un par un, la femme restait là, moi aussi.

Le film reprit quelques secondes et le projecteur vidéo s'arrêta net. J'entendis la femme soupirer, nous étions dans le noir. Elle se retourna. « Il vous reste beaucoup à voir ? » Elle parlait avec un fort accent américain. « Il me manque surtout le début, dis-je. — Je peux vous le raconter si vous voulez, mais je n'aime pas ressasser les vieilles choses, je vais te répondre si vous avez des questions nouvelles. » Les petits cheveux de Suzanne encollés de sueur se lissaient sous ma main qui les caressait. Sheila Hicks – je mis quelques secondes à la reconnaître – me fixait en souriant. Elle portait une ample veste de kimono indigo, ses mains étaient fripées, élégantes, baguées sur deux doigts, ses cheveux plutôt portés court, et ses yeux défiaient l'obscurité d'un bleu vif. « Des questions nouvelles ? demandai-je. — Oui, seulement des questions nouvelles. »

Je ne cherchai pas à rapprocher le visage qui me regardait de celui qui parlait quelques minutes plus tôt sur le grand écran. Je ne cherchai pas à compter les années manifestement passées, je me disais qu'il ressemblait à l'image que je me faisais de Madeleine dans sa vieillesse. « Des questions nouvelles… » répétai-je encore tout doucement. Le film n'était pas reparti et la lumière n'était pas revenue. « Oui, parce que j'ai éradiqué ma mémoire, ça m'intéresse pas. Ce qui m'intéresse, c'est le présent et le futur. Le présent de tout de suite. Elle a été riche, ma vie, ça doit être vrai parce que tout le monde le dit, mais je veux plus raconter les anecdotes. Pour l'instant, je regarde comment ça se passe ici. Je viens la journée et parfois les gens posent des questions nouvelles. Hier, par exemple, il y avait deux garçons, des frères, peut-être ils avaient cinq et huit ans, ils ont regardé le menhir et ils ont demandé : “Comment est-ce que ça tienne ? Pour les autres choses on voit, mais ça, on n'a pas les fils sous les yeux.” Alors je leur ai dit qu'on va trouver ensemble. Touche l'œuvre, mais ne te fais pas prendre par le garde, je leur ai dit. On va découvrir comment ça tienne. Et ils ont découvert le secret, mais fais attention aux gardiens, ils sont sévères, personne veut que vous touchiez, personne veut jamais qu'on touche vraiment les choses, mais ceux qui ont envie ils y arrivent, c'est comme ça la vie. »

Suzanne s'était réveillée et j'avais dégagé son visage rougi de chaleur. Sheila la fit entrer dans la conversation sans aucun commentaire. Suzanne et moi continuions d'écouter. « J'essaie de venir chaque jour. Je sors de l'atelier, je mets les mains dans la poche. De temps en temps il faut arrêter de travailler, regarder avec les yeux et réfléchir. Je regarde toutes ces œuvres autour de moi, il y en a beaucoup, n'est-ce pas ? Je réalise le si grand nombre d'heures que nous avons passées avec des fils autour de nous. C'est un grand travail, mais c'est aussi un travail de rêverie. Vous avez vu, qu'est-ce qu'ils font les gens qui visitent l'exposition ? Eux aussi ils veulent s'asseoir et rester des heures avec leurs compagnons pour regarder tranquilles. » J'évoquai alors l'émotion qui m'avait saisie quelques minutes plus tôt devant les chaussettes d'enfant rapiécées aperçues dans l'espace consacré aux travaux de petit format qu'elle avait entamés dans les années 1950, les *Minimes.* J'ajoutai que je n'avais pas très bien compris d'où venait ma larme. « C'est comme ça, ça veut rien dire. Ça veut rien raconter. Ça emmène juste quelque part, et tu te laisses faire. Les carmélites, elles ont travaillé longtemps et dans le silence. Un jour j'avais une commande pour Air France, je devais faire un grand panneau en technique qui s'appelle les petits points, c'est pour le lancement du 747 de l'époque, un grand pièce qui épousait le cockpit de l'avion en business class. Vous avez déjà été une fois en business class ? C'était plein de petites fibres de soie sauvage, magnifique. D'abord ils en ont commandé quatre, après un an, ils en ont commandé encore quatre, et à l'atelier on était fatigué, c'était plus amusant du tout. Alors on va à Boulogne chez les carmélites. On pense pas que les carmélites ont besoin de gagner leur vie, mais si, alors ils étaient très contentes. “Nous on travaille en silence”, elles ont dit ça, et elles ont fait les bas-reliefs pendant des mois et des mois. Sœur Colette m'a dit qu'aucune n'avait jamais pris un avion. Pour elles c'était comme être dans la baleine de Jonas ! Moi je les imaginais, les carmélites, dans la baleine, en train de tapisser le ventre. Elles ont continué comme ça d'honorer les commandes, un jour ils ont retiré les tapisseries des avions. Où sont parties toutes les heures de travail ? Moi je sais pas. Si un jour vous vous promenez au marché des puces et si vous les voyez, vous êtes gentille, vous m'appelez. »

Le film n'avait pas repris et il faisait toujours aussi sombre à l'intérieur de la petite salle de projection. Je ne sais par quelle magie, personne n'y entrait. Vue de là, l'exposition entière me paraissait se vider et devenir de plus en plus silencieuse. J'apercevais un livre dans la large poche du kimono de Sheila sur la couverture duquel on lisait *The Shape of Time*. La forme du temps. Je ne savais plus dire quelle forme avait pris le temps depuis son entrée, et si cette femme avait parlé quelques secondes ou de longues heures.

Au fond, c'est exactement ce qu'elle disait de l'existence et des tissus dans lesquels nous la déposons. « J'ai pris les choses à l'envers. J'ai commencé par la mort avec l'œuvre *Pockets*. Ce sont des petites poches en tissu clair que l'on te donnait à l'hôpital Hadassah de Jérusalem dans les années 1980 quand tu arrives. Et on dépose les choses précieuses dedans. Si vous êtes pas mort, ils le redonnent en sortant, et c'est le coffre fragile de votre vie. Il y a une montre, peut-être un photo d'identité, une bague, un téléphone. Si vous êtes mort, ils le donnent à ta famille, qui repart avec. Il n'y a pas tout dedans, mais c'est une poche de tissu comme un suaire. Et puis, à la fin de l'exposition, j'ai mis les sacs de couchage pour les tout petits bébés, et les chemises qu'on leur mettait dans un hôpital suédois. Je les ai décousus, aplatis et recousus, ça fait comme un grand tissu de la vie. C'est pas obligé de penser tout le temps au textile, mais tu vois bien que c'est toute la vie que tu es en contact avec !

« Robert Rauschenberg, il m'avait confié que c'est lui qui a fait un petit poncho pour l'hiver de son premier enfant. C'est lui-même qui l'a tissé. Les hommes ne vous confient pas leurs secrets facilement, mais ils tissent aussi. Paul Klee il allait tisser l'après-midi, quand il était au Bauhaus, les couleurs et les valeurs qui se croisent. Ils pourraient très bien dire, ces deux-là, comment on utilise le fil de chaîne et le fil de trame pour arriver à une expression harmonieuse. » Suzanne commençait de bouger contre moi et je sentais sa faim arriver à grands pas.

« Quand on tisse, c'est comme quand on parle, comme quand tu croises les dix doigts de ta main, si tu as une base solide pour construire, vous pouvez aller d'une petite cabane jusqu'à un gratte-ciel. »

Lorsque nous étions toutes les trois sorties du cube blanc, il neigeait dehors. L'espace d'exposition était vidé de tout humain, seuls les fils nous honoraient de leur présence. Sheila se taisait, puis s'approcha de la vitre. « Ah c'est rare, c'est l'offrande, la neige… » Elle marchait avec moi et me laissa juste avant la sortie. « Mes amis anglophones, lorsqu'ils entendent *lifelines, Lignes de vie*, le titre de l'exposition, ils pensent à quelqu'un qui se noie et à la bouée de sauvetage qu'on envoie pour le sauver. Alors ça les inquiète, mais ils ne devraient pas. Il faut juste les suivre, ces lignes-là, les croiser, et ça devient très vivant. »

*

J'avais toujours pensé qu'il y avait des matières et des couleurs pour nous rappeler le battement de notre cœur. J'avais toujours pensé que le mauve des landes bretonnes, le gris-vert du lichen des forêts, la laine écrue de certaines brebis de Camargue, avaient autant d'importance que mes prénoms sur ma carte d'identité. Cette femme de cinquante ans mon aînée me l'avait calmement confirmé. « Il s'agit de regarder autour de soi la matière disponible, et observer, ensuite, les formes que l'on produit », avait-elle dit en guise de conclusion.

Qu'avais-je à ma disposition ? m'interrogeais-je en silence, traversant la ville au retour. Quelles formes étais-je en train de produire ? C'est la question que m'avaient adressée Sheila et ses œuvres.

Je n'avais pas encore sous les yeux la diversité de la matière disponible. Je n'avais pas encore fait se croiser la laine des brebis du causse, les cailloux chauds, les montagnes, les bouts de tissu laissés avec l'odeur de la mère dans le linge où elle abandonne, le visage de la Vierge, le visage de Madeleine, le bois dont on fait le cylindre qui tourne dans les tours d'abandon, le même bois dont on fait le berceau, la pierre froide dont on construit les enceintes des hospices, les guenilles pauvres des femmes qui viennent accoucher à l'hôtel-Dieu, le petit ruban de soie violet qui orne la tête d'un nourrisson pour lui porter chance, le petit bout de papier à l'orthographe approximative qui dit « appelé le Oguste, apelé la Josepha », les autres petits bouts de papier siglés *enfants temporaires*... Elles seraient les matières autour de moi disponibles, mais, pour répondre à Sheila Hicks, je devais avancer, travailler encore, tisser à ma manière, et laisser doucement apparaître la forme.

Ma forme, à moi.

*

J'avais treize ans. Je me réveillais dans un lit qui n'était pas le mien. C'était l'hiver, le matin très tôt, il faisait parfaitement nuit. Je prenais mon petit déjeuner silencieusement. Tout était différent de chez moi ici. Tante M. et moi avions les yeux bouffis de sommeil. Nous prenions l'ascenseur, il n'y avait aucun autre bruit que celui du rideau métallique qui se fermait en accordéon. Nous marchions dans la vapeur chaude de nos souffles, les petits nuages blancs et la nuit du matin. Nous descendions dans le corps de la ville, là tout était peuplé, bruyant déjà, et les visages encore engourdis. Nous remontions à la surface de la ville, la nuit était encore là, encore les petits nuages blancs de nos souffles dans la rue. Nous longions un grand mur de pierre, tante M. saluait un gardien dans une cabine, petite lumière, pavés au sol, gros bruit des voitures roulant dessus, guérite de nouveau, les mots en rouge lumineux dans le ciel, *Urgences Maternité.* Je suivais les pas de tante M., j'ouvrais déjà de grands yeux, couloirs, la pierre encore, les premières blouses, et chaleur, d'un coup.

Dans le vestiaire, on se changeait encore endormis. Ici les urgences maternité de l'hôpital Lariboisière, ici le service de médecine infantile, ici une quantité impressionnante de corps de femmes différents. J'avais treize ans, aucune d'entre elles ne parlait la même langue, les médecins les appelaient *maman* pendant les consultations, il y avait parfois des interprètes. Tante M. montait dans les étages, je restais à l'étage de la protection médicale infantile, puis j'allais à l'accueil des urgences, avec les brancardiers, avec le téléphone sur la table en fer bleu, avec la pédiatre. Je notais tout, j'apprenais tout, je disais : « Non merci, je ne veux pas assister à un accouchement », je disais : « Je veux bien venir pour toutes les consultations », je me mettais dans un coin, je restais un peu dans la salle d'attente, je regardais les dessins peints au mur, les affichettes, on les appelait *madame, maman, maman, maman, madame,* j'entendais les conseils, j'entendais le poids des nourrissons, les millilitres de lait, j'entendais les premiers vaccins, j'entendais les sirènes des urgences, je savais que tante M. était dans les étages, je disais : « Non merci, je ne veux pas monter », je voyais les nurseries, de très loin, les tout petits corps des tout petits enfants, un alignement de berceaux, l'avais-je rêvé ? Je notais tout, j'entendais tout. Le soir, je me jetais dans le corps de cette ville que je ne connaissais pas, Barbès, les lignes souterraines, je me jetais dans le corps de la ville où j'étais née. Le lendemain, ça recommençait, je notais tout, j'entendais tout, on m'avait prêté une blouse blanche pour sept jours, je l'arborais fièrement, manches retroussées et pan de tissu jusqu'aux mollets, j'avais treize ans, on me disait : « C'est le monde du travail, regarde, découvre le monde du travail » et je pensais : « Mais c'est le monde tout court ici, le battement du cœur du monde. » Je reconnaissais cela, je notais tout, j'entendais tout, le corps des femmes, le bip des machines, le soir, le métro Barbès, le matin si tôt, à l'autre bout de la ville, et l'enchaînement des jours, toujours plus fatigants, toujours plus vifs. Je suivais le corps de tante M. dans les couloirs du métro pour les changements. Je regardais ses mains, je pourrais décrire précisément ses deux mains : la même peau que ma mère, un peu mate, très fine, extrêmement douce, lavées mille fois par jour, marquées de cela, les phalanges soulignées, rondes, les ongles coupés ras. Je regardais ses mains, elles m'avaient sortie du ventre de ma mère, elles avaient sorti mon frère du ventre de notre mère, elles avaient, les deux mains de tante M., sorti des milliers d'enfants du ventre de leur mère, et je mettais mes pas dans les siens pour ne pas me perdre dans les couloirs du métro.

*

Il fallait questionner tante M. Elle avait, bien avant moi, remonté le fil de ces filles-mères, « nos filles-mères », disait-elle, et était arrivée comme moi à une certaine Marie dans la première moitié du XIX$^{e}$ siècle, un petit village de la Marne, elle s'était arrêtée là, comme moi, parce que Marie était mariée et qu'avec elle commençait la lignée des Muller. Avait-elle lu, elle aussi, dans la petite marge de l'acte de naissance de sa grand-mère Ernestine, cette deuxième date, ce drôle de délai, le jour de reconnaissance, plus de trois semaines après sa naissance, par Marie-Julie, de la fille naturelle Léonie Ernestine ? Elle avait lu, oui, et s'était demandé comme moi : projet d'abandon, maladie, nourrisson faible ?

La plus probable explication, avait dit tante M., était que cette femme avait un temps songé à abandonner sa fille. Tante M. était retraitée d'une longue carrière de sage-femme, nous ouvrions le grand dossier des naissances, elle était au bout du fil, parlait vivement et je tenais sur mes genoux un énième petit carnet à noircir.

« C'est certain qu'au XIX^e siècle les enfants nés de filles-mères étaient les enfants de la honte. Je te le dis sans plus de recherches, mais on sait ça ! C'était la sexualité ! Elles avaient couché avant le mariage. C'était cela, la honte. La mère d'Ernestine, pourquoi elle met ce temps-là avant de reconnaître sa fille ? Peut-être qu'elle avait un temps voulu accoucher sous X, abandonner l'enfant ? Tu sais, il y a un délai de rétractation dans ces cas-là. À l'époque, je ne sais pas combien c'était. Quand j'exerçais, c'était trois mois, et l'enfant devenait adoptable. »

Je pensais à Suzanne et à sa récurrente question estivale devant les animaux ou les personnages de ses livres : « Elle est où, sa maman ? »

« Au début, même quand on savait que la mère n'en voulait pas, on lui collait de force l'enfant au sein. Quand il fallait les séparer, on arrachait le nouveau-né du corps de la femme. On lui faisait payer, mais quoi ? Tu imagines la violence ? Après, on s'est mises à ne plus présenter l'enfant du tout. Moi je croyais que c'était cela, être du côté des mères, des femmes, systématiquement partir, le plus vite, retirer l'enfant de la vue. Et l'enfant restait là, des jours entiers, on prenait des notes. Enfin, moi, je notais deux trois choses de son début de vie. Mais j'étais farouchement du côté des mères. Après, j'ai fait tellement de suites de couches, j'ai passé tellement de temps avec ces tout petits êtres, que j'ai été saisie par leur singularité. Il n'y en avait pas un pour ressembler à l'autre. Leurs cheveux, leurs regards… On dit qu'ils ne voient pas, mais quels regards ! En fait, le temps passait, les équipes et les mentalités changeaient, et bien sûr il restait des durs à cuire, mais on comprenait petit à petit que respecter les nourrissons et respecter les mères qui décidaient de ne pas les regarder, c'était surtout être prêtes à la surprise, prêtes à s'adapter à tout. On montrait l'enfant à la mère qui voulait le voir, on retirait l'enfant le plus vite possible à la mère qui réclamait ça. On s'adaptait en permanence. Dans le cas où les enfants restaient à la maternité, nous les nommions. C'est fou de te raconter tout ça, mais on leur donnait leur nom ! Au début, je faisais ça par-dessus la jambe, je me souviens, j'en avais nommé un *Mohamed Ali*, en hommage au boxeur, évidemment ! » Elle riait au bout du fil. Moi je n'en revenais pas de ce qu'elle me racontait. J'essayais d'imaginer les salles de naissance, les dortoirs, les femmes, les nourrissons, les sages-femmes, les années 70, 80, 90. « En fait, j'ai nommé plein d'enfants ! Et petit à petit, je le faisais avec le plus grand soin. Je prenais du temps, et je finissais par trouver ce qu'un visage m'inspirait le plus, pour, je sais pas, leur offrir un vrai début de vie à ces enfants-là, avec de l'attention. »

Puis tante M. parla de sa grand-mère Ernestine et de sa mère, Madeleine. Des femmes sans le sou, qui habitaient le quartier de l'église Saint-Bernard, dans le nord de Paris, la Goutte-d'Or, allant de petit boulot en petit boulot, travaillant dès l'adolescence. « La seule chose que j'entendais de ma grand-mère Ernestine, c'est que ma mère l'adorait. Madeleine adorait sa mère. Finalement, quand mon père débarque, il vient rompre le cercle mère-fille qui tournait si bien. Mon père lui donne un nom, la fait sortir d'un quasi-siècle de honte des filles-mères. Ernestine, on peut dire qu'elle en meurt, de l'arrivée de mon père… Ce n'est pas rien, ce n'est pas anodin ! »

Je continuais d'écouter tante M. me parler de Madeleine, je buvais de l'eau fraîche. C'était, oui, comme boire de l'eau fraîche et remplir d'images un réservoir qui en était sec. J'apprenais qu'elle avait toujours eu un livre à la main, qu'elle était drôle et chic. Qu'elle avait des ardoises partout, poches percées, mais pouvait, sur un coup de folie, rhabiller ses enfants de la tête aux pieds. Qu'elle n'était peut-être pas amoureuse de mon grand-père, qu'elle était très secrète et défendait son secret, qu'elle faisait ses lessives à la main, dans une grande bassine posée sur la table, le soir, même après des journées harassantes de travail, la table autour de laquelle tante M. et elle parlaient indéfiniment.

« En tant que mère, je te dirais… bof. Mais en tant que femme, elle avait du sang dans les veines ! Et je sais que c'est un sang qui coule en moi… Je la faisais rire. Je l'ai presque tout le temps fait rire… Mais une enfant qui fait tant rire sa mère, c'est une enfant qui la trouve triste, non ? »

Tante M. parlait plus vite que ce que je pouvais noter, j'imaginais ma grand-mère avec des tas de livres différents dans toutes les pièces de l'appartement. Je l'imaginais sans lunettes, ses très bons yeux bleu-gris et la curiosité insatiable. Elle qui avait quitté l'école très tôt voulait rattraper le temps. Et avec quel caractère. « C'était une gamine et c'était une femme puissante. Elle était définitivement les deux. Alors les hommes… Comment faire avec une femme comme ça ? Je me souviens de mon père qui lui lançait : “Toi, tu es pire que le MLF !” Elle tenait ferme à sa liberté. Et à sa sexualité, finalement. Car si F. est née hors mariage, dans les années 1930, c'est bien qu'elle avait eu une vie sexuelle de jeune femme, à Paris, et sans un sou, ce n'est pas rien, ça non plus ! »

*

Tout se complexifiait. De cette femme, je n'avais entendu que des bribes et ces bribes la disaient effrayée par les hommes, les haïssant. Je découvrais une Madeleine dans les mots de tante M. qui devait aussi en effrayer plus d'un. « C'était une laborieuse. Elle travaillait en permanence. Mes parents étaient des gens du devoir accompli. On bosse, on bosse, on bosse, comme des damnés, mais on est heureux comme ça. Elle disait toujours qu'elle n'avait pas le luxe pour les humeurs, la mélancolie… »

Tante M. avait une fois demandé à sa mère d'aller visiter la tombe d'Ernestine, curieuse de tant d'éloges à son égard et intriguée par cette aînée dont elle ne savait presque rien. Madeleine lui avait répondu qu'il n'y avait pas de tombe. Elle avait bien acheté un carré de cimetière, mais elle avait oublié ou arrêté de payer. Il n'y avait nulle part où aller maintenant. « Je me souviens d'avoir pensé à l'époque que c'était du pipeau », avait dit tante M. Et nous avions raccroché.

*

Le lendemain, je téléphonais aux cimetières. Plusieurs cimetières dont je rayais le nom au fur et à mesure qu'on m'annonçait ne rien y trouver. Je cherchais une dénommée Ernestine Muller, née en décembre 1882, morte en janvier 1943. Pourquoi je la cherchais ? Personne ne me le demandait et j'aimais bien ça. On tournait pour moi les pages de vieux registres, on me faisait attendre avec des musiques répétitives. Au bout d'un moment, j'entendis la voix d'un des conservateurs s'éclairer. Ernestine avait été enterrée au cimetière parisien de Pantin. « Oui, en 1943 ! La pleine guerre… », me rappelait-on au bout du fil.

À quoi avait pu ressembler cet enterrement ? Qui était présent ? Pour se dire quoi ? Avec qui Madeleine pleurait-elle sa mère ? Avec la petite F. qu'elle aimait tant ? La concession n'avait pas été renouvelée. Un jour Madeleine n'avait plus payé. Je demandai s'il existait un endroit avec son nom inscrit quelque part. Il n'y en avait pas. Je n'osais demander ce que l'on faisait des corps dans ces cas-là.

*

Il m'avait fallu peu de temps pour délimiter géographiquement la vie de cette femme dont je n'avais presque jamais entendu parler. Cela commençait à Reims, cela finissait dans la terre de Pantin, au nord-est de Paris. Cela enjambait le passage d'un siècle et deux guerres mondiales. À peine apparue dans les récits des sœurs de ma mère, Ernestine venait de disparaître. Son nom inscrit presque nulle part. Une photographie ovale dans la bibliothèque de tante F., des souvenirs rapportés de vie pauvre aux petits travaux, un acte de naissance à l'écriture penchée que je conservais dans mes dossiers numériques juste à côté de l'acte de décès, voilà ce dont je disposais. Je trouverais, un peu plus tard, l'acte de décès de sa mère, Marie-Julie, en 1908 à Paris, un acte de mariage, toujours de sa mère, avec un certain André Gustave Tabouis, à Reims cette fois, en 1889, mais je ne trouverais pas de sépulture pour Marie-Julie. Je rayerais des heures durant de multiples hypothèses, à Paris, à Reims, dans le département de la Marne, avec les mêmes conservateurs de cimetière au bout du fil. Rien. Pas la moindre mention de son nom sur une pierre. Même un registre d'anciennes concessions.

Pendant toutes ces recherches, je penserais à ma propre mère qui avait toujours demandé que nous brûlions son corps après sa mort. « Donnez tout à la science et n'allez pas vous embêter à fleurir une tombe. » J'avais entendu cela très tôt. Sans plus de manière. Ma mère n'avait pas peur de disparaître. Au contraire, j'avais toujours décelé dans sa voix une sorte de joie à l'idée de se débarrasser enfin de son enveloppe charnelle.

*

Que Madeleine n'ait pas payé la concession d'Ernestine peu de temps après son enterrement, je ne pouvais m'empêcher d'y voir le signe d'une rupture. Son mariage de 1944 agissant du même tranchant, elle se séparait ainsi de la lignée des filles-mères. Ne pas fleurir Ernestine était un acte sec et décidé – peut-être nécessaire – qui me rappelait le silence sec et décidé, douloureux aussi, que ma propre mère avait longtemps entretenu à propos de la sienne. Que ces différentes manières de faire avec le silence fussent autant de manières de composer avec le passé, je ne le jugeais pas, mais cela n'allait plus me suffire.

*

C'est peut-être l'effacement du nom des femmes qui me fit m'attacher à ce fameux rapport de 1882.

J'avais relevé les cotes de différents documents relatifs à l'hôtel-Dieu de Reims conservés à la Bibliothèque nationale et dont les dates tournaient autour de la naissance d'Ernestine. J'avais lu l'histoire de ce lieu racontée à travers le portrait de certaines mères supérieures, j'avais photographié en cachette les images reproduites de certaines sœurs au parcours marquant, j'avais suivi la laïcisation de l'hospice, son lien à la population rémoise la plus démunie, l'exil des sœurs vers la Belgique. J'avais inséré des microdisques dans ces machines lumineuses fantastiques et lu, un par un, les principes de vie de la règle des sœurs augustines… les termes de leur serment… le détail de leur tenue… et puis j'étais tombée sur ce rapport lu à l'académie de Reims, le 30 juin 1882. Un homme y racontait sa découverte de plusieurs courtepointes brodées au fil bleu, dans un grenier poussiéreux de l'hôtel-Dieu, présentées par la mère supérieure et dont personne n'avait jusque-là connaissance. D'après elle, elles avaient été réalisées dans la pure tradition par les sœurs augustines qui officiaient à l'hôtel-Dieu, dans le rare répit que leur laissaient les guerres. Le rapport estimait que les courtepointes – ou anciennes mantes – étaient le fruit du travail « d'artistes véritables, et dont il est fâcheux de ne pas connaître les noms que leur modestie nous a dérobés ». La modestie ou l'ensemble des forces qui confisquaient le nom des femmes depuis des siècles, rajoutai-je discrètement au rapport, cent quarante ans plus tard.

Le texte datait les ouvrages du XIIIe au XVIIe siècle et y adjoignait des gravures qui reproduisaient les motifs de chaque couverture. Devant les membres de l'académie de Reims, lors de la séance du 30 juin 1882, il décrivait la première, la plus ancienne à ses yeux, avec beaucoup d'émotion.

*Cette courtepointe ou mante, toile brodée en fil bleu, réjouit nos cœurs d'archéologues, car, à peine l'avions-nous examinée, que nous avions reconnu qu'un travail du XIIIe siècle était sous nos yeux.*

*La sœur hospitalière, pressée de retourner auprès de ses malades, nous engagea à prendre le temps nécessaire pour étudier à notre aise cette intéressante découverte. Nous notâmes alors ses dimensions et les sujets qui y sont brodés. Nous reconnûmes sur une des deux bordures qui restent encore, qu'elle a trait aux travaux de l'année. On y voit le jardinage, le labourage, la fenaison, la moisson, la vendange, l'ensemencement, et enfin une boulangerie. L'autre bordure a rapport à la chasse. La courtepointe, divisée en losanges par des diagonales, renferme dans chacun d'eux, soit des fleurs de lys, des poissons, des oiseaux, des animaux et des hommes grotesquement posés, suivant la coutume du temps.*

*[…]*

*La plus belle, peut-être, représente l'Apparition de Notre-Seigneur aux saintes femmes. Elle est de 1623. Puis viennent, dans l'ordre chronologique, la Mort de la Sainte-Vierge, sans date, mais également du règne de Louis XIII, et l'Assomption, qui fut brodée en 1623.*

*Enfin, la sixième pièce, remontant à 1626, est entièrement formée de carrés remplis des monogrammes* IHS *et* MA*, d'animaux, d'oiseaux et d'ornements variés.*

*En résumé, nous pensons que cette découverte a une certaine importance, moins par le nombre des pièces que par leur exécution ; les mains qui ont brodé et surtout tracé ces dessins sont certainement celles d'artistes véritables, et dont il est fâcheux de ne pas connaître les noms que leur modestie nous a dérobés.*

Le rapport insistait sur le hasard de la découverte, la rareté des pièces qui n'étaient mentionnées nulle part, et la grande nécessité de les faire connaître. Une petite quinzaine d'années plus tard, une autre publication relatait une exposition à Reims et s'émerveillait devant les mêmes couvertures.

*Je ne puis omettre les belles et curieuses courtepointes de l'hôtel-Dieu de Reims exposées dans la chapelle. Elles sont exécutées en simple piqûre de fil bleu sur toile et représentent des sujets religieux. […] Elles décoraient autrefois les lits des malades le jour de la Fête-Dieu. Elles ont été découvertes en 1882 par Monsieur Charles Givelet dans un grenier de l'hôtel-Dieu. C'est une œuvre fort originale, d'un grand effet, avec une grande simplicité de moyens.*

Et puis plus rien, elles disparaissaient aussi. Je m'étais sentie immédiatement aimantée par ces couvertures. J'y avais reconnu ma passion ancienne pour toute forme de textile, et un signe tout particulier vers l'enfance, le plaisir simple et enfoui de toucher les tissus. Avec ces courtepointes me revenait le temps que je passais, adolescente, sur les marchés, à fouiller dans les piles de vêtements de seconde main, et dénichant devant ma mère admirative les plus belles trouvailles. Me revenait aussi toute une collection de bouts de tissu rapportés de partout, que tout le monde jugeait inutiles et qui me semblaient constituer mon plus secret trésor. Un plaisir simple, loin de toute érudition, mais un plaisir qui charriait étrangement son lot d'interdits. Je me revoyais jeune fille, pliant et rangeant mon linge dans le petit espace derrière la porte de ma chambre. Je le faisais dans une angoisse sourde, une culpabilité que, plusieurs années après, je peinais à déchiffrer. Il était question de mettre de l'ordre, je n'y arrivais pas, cela ne tenait jamais longtemps et me renvoyait une image chiffonnée, brouillonne, honteuse de moi-même. *Je ne serai jamais assez rangée.*

Je me mis à rêver des sœurs augustines au travail. Je me mis à imaginer ce grenier où pendant des années on empila les courtepointes sous des couvertures de laine pour les protéger. La scène apparaissait toujours dans une même lumière. Je m'aidais pour cela des anciennes photos que je trouvais et qui soulignaient les détails de l'architecture de l'hôtel-Dieu. Je ne savais rien de la précision de leurs gestes, encore moins de leur nombre et des heures de la journée au cours desquelles elles réalisèrent ces ouvrages, mais dans les images que je me faisais des sœurs, occupées, un fil au-dessus, un fil au-dessous, à faire apparaître des motifs, je reconnaissais quelque chose de mon goût pour la solitude et le silence.

Ces mystérieuses couvertures me servaient maintenant de prétexte. C'est d'abord elles que j'avançais pour oser écrire, oser adresser mes questions à quantité de femmes différentes. Je brandissais désormais l'histoire des courtepointes, ma petite trouvaille, pour donner des contours à ce travail dans lequel je m'engageais et dont je ne savais pas parler. Elles devenaient mon passeport, mon voile, une manière d'apparaître sans me montrer vraiment, et les femmes que je sollicitais finissaient toujours par me poser la même question : « Que voulez-vous savoir au fond ? Que cherches-tu ? » Je ne savais pas répondre, mais je décelais, dans la découverte des courtepointes, l'autorisation inespérée de me relier à quelque chose, de relier ces femmes entre elles – celles que j'interrogeais et celles de la lignée. Au fond, l'autorisation de me relier à elles.

*

C'est encore une histoire de nom qui me fit reprendre le fil de Madeleine. Dans les Évangiles, c'est Myriam de Magdala, la Marie-Madeleine, qui découvre le tombeau vide. Elle se désole, appelle autour, s'adresse à un homme qu'elle prend pour un jardinier, demande où est passé son Seigneur, et l'homme répond : « Qui cherches-tu ? » C'est Jésus qui parle, elle ne l'a pas reconnu d'abord et, l'interpellant soudain si familièrement, juste par son prénom, il la harponne, il crochète quelque chose en elle, de très profond, Marie-Madeleine répond « Rabbouni », mon maître. Entendre ainsi son prénom la fait se reconnaître si intimement, qu'elle peut le reconnaître, lui. Cette scène devant le tombeau déserté relie les extrémités des évangiles. L'autre femme qui est ainsi appelée par son prénom, juste son prénom, c'est Marie, lorsqu'elle reçoit la visite de l'ange Gabriel. Et les autres à qui l'on demande : « Que cherchez-vous ? », ce sont les apôtres, au début de l'histoire. Ils cherchaient une idée, des croyances, un maître. Madeleine cherche quelqu'un.

*

« Elle est où, sa maman ? »

*

En 1947, après une journée d'écriture, René Char se fit aborder à la nuit tombée dans les couloirs du métro par une jeune femme étonnante, opiniâtre, qu'il refusa d'abord de suivre et qui insistait ainsi :

« Croire à nouveau ne fait pas qu'il y aura davantage de souffrance ! Restez accueillant ! Vous ne vous verrez pas mourir.

— Comment vous appelez-vous, mon petit ? avait demandé Char.

— Madeleine ! » avait répondu la femme.

Et le poète racontait comme ils avaient finalement marché un moment tous les deux *dans une intelligence d'ombres.* Il avait interprété l'apparition de la jeune femme comme une vérification du poème écrit quelques heures plus tôt. C'était un texte né de la contemplation de la *Madeleine à la veilleuse* de Georges de La Tour. Le poème regardait une ancienne prostituée repentie, une femme peut-être violée, certainement violée, un crâne dans la main droite, la moue du visage écrasée dans la paume de la main gauche, comme une enfant au-dessus de sa table de lecture. Le poème voyait surtout que la veilleuse ne s'éteignait pas, la flamme restait intacte. Peut-être était-ce cela, croire ou croire de nouveau, ou vivre, ou être une femme au milieu des hommes : une veilleuse qui ne s'éteint pas ?

*

*Chère Marie, je t'envoie quelques photos des pages de l'Évangile apocryphe dont je te parlais. C'est de Marie de Magdala qu'il est question ici. Tu m'excuseras, c'est un ouvrage que j'ai beaucoup souligné. Dans le Coran, il y aura aussi des choses pour t'intéresser.*

*Je t'embrasse,*

*Pacôme.*

*1 « Je suis sortie du monde grâce à un autre monde ;*
*2 une représentation s'est effacée*
*3 grâce à une représentation plus haute.*
*4 Désormais je vais vers le Repos*
*5 où le temps se repose dans l'Éternité du temps.*
*6 Je vais au Silence. »*
[…]
*10 « Dites, que pensez-vous de ce qu'elle vient de raconter ?*
*11 Pour ma part, je ne crois pas*
*12 que l'Enseigneur ait parlé ainsi ;*
*13 ces pensées diffèrent de celles que nous avons connues. »*
*14 Pierre ajouta :*
*15 « Est-il possible que l'Enseigneur se soit entretenu*
*16 ainsi, avec une femme,*
*17 sur des secrets que nous, nous ignorons ?*
*18 Devons-nous changer nos habitudes ;*
*19 écouter tous cette femme ?… »*

*

« Que cherches-tu ? »
Je ne savais pas dire ce que je cherchais.
Je repensais à une photographie de ma

grand-mère. Tante F. me l'avait montrée un jour. Elle devait dater des années 1930. Madeleine y était allongée sur le sable, les cheveux coupés au carré, plutôt bruns, elle fumait une cigarette et portait un maillot de bain sombre. Elle avait l'allure d'une *femme libre.* En arrière-plan : plusieurs cabanes de plage et un grand mur, le nord de la France. Je me la décrivais de mémoire et tentais de retrouver avec précision le dessin de sa mâchoire, dessin qui se forme lorsque, aspirant le bout d'une cigarette, on affaisse une partie du visage en en révélant la construction. Madeleine, si jeune et si belle, allongée sur la plage.

« Que cherches-tu ? »

Suzanne était venue me voir au réveil, ses cheveux blonds ébouriffés, ses lèvres gonflées de sommeil, ses grands yeux noirs. Remarquant mon corps nu, elle demanda à ce que je m'habille. Je le fis. « Ton sexe, il est où, maman ? » demanda-t-elle encore. « Il est dans la cheminée, dans les tiroirs, dans la cachette ? Tu dois le retrouver ! riait-elle. Ton sexe, il est dans la lumière, dans le tapis, dans le soleil ? Tu dois le retrouver ! Et aussi celui de mes poupées ! » Je restais bouche bée.

*

Suzanne appelait les fantômes. Évidemment, elle ne savait rien de mes entreprises, mais comment pouvais-je expliquer qu'un après-midi, alors que nous marchions dans les champs, elle foulait « la mer des herbes », comme elle disait, en chantant le prénom des disparus. « Madeleine ! Madeleine ! Madeleine ! » criait-elle, comme si elle jouait avec une enfant turbulente. « Madeleine ! Qui est là ? Que veux-tu ? » Je la suivais, stupéfaite. Tant que le soleil nous éclairait encore, Suzanne marchait dans le champ en ramant dans les airs. La lumière révélait de très longs filaments tendus d'une herbe à l'autre, sorte de quadrillage aérien, doré, crépusculaire. Je me demandais si une araignée aux folles dimensions n'avait pas fait du champ sa future maison. Je me demandais si tous les champs, dans cette lumière du soir, révélaient ainsi leur quadrillage secret. Je repensais aux fils dorés croisés par Sheila Hicks et au tissage de couleurs de Paul Klee au Bauhaus.

Les après-midi suivants, les noms des fantômes avaient disparu, mais Suzanne, chat botté, enjambait les herbes hautes, sans détruire jamais la toile de l'araignée géante. Elle me disait : « Si tu as peur du vent, tu appelles ton papa et ta maman, hein ! » Dans son jeu, j'étais la fille, elle était la mère. Le sérieux, le plaisir et le sens qu'elle paraissait y trouver me convoquaient. Je repensais à ce nom que l'on donnait aux plus ou moins jeunes femmes qui tombaient enceintes en dehors du mariage : les filles-mères. Je visualisais l'expression à la verticale, une cascade de mots dominos, comme les escaliers que Suzanne me défendait, en jeu, de descendre sans sa permission.

Fille,<br>
mère,<br>
fille,<br>
mère,<br>
fille,<br>
mère,<br>
fille

Au lieu de les placer côte à côte, mon esprit les mettait les uns au-dessous des autres.

Quelque époque que nous traversions, quelques normes que nous devions braver, quelques regards que nous devions déjouer sur nous-mêmes, il fallait avoir été fille pour être mère, des filles devenues mères, nous l'étions toutes, toutes celles qui avaient fait ce choix. Je dévalais les marches de cet escalier infini jusque dans le sommeil, pouvant envisager différemment jusqu'à la sonorité de l'expression. Toutes les mères étaient des filles-mères, et Suzanne, par le jeu, me le montrait sans détour. On annulait la malédiction si l'on verticalisait les mots. Dans cette belle chute, on emmenait toutes les générations, une ronde infinie. Plus de honte. La honte s'en allait dès lors que l'on faisait s'absenter les hommes un instant. Si la question de leur présence, de leur absence, du mariage, de la reconnaissance, de leurs mots sur nous, de leurs regards, de notre attente… si toutes ces questions étaient un temps suspendues, on n'entrevoyait plus que la force d'une puissante transmission. Les filles le demeuraient à vie, car c'était un des tours que leur jouait la langue française et, si elles devenaient mères, enfanteraient peut-être des filles qui les ramèneraient, un jour ou l'autre dans un jeu, aux filles qu'elles furent et aux mères qu'elles avaient eues.

Quand elle serait « une grande femme »,

disait Suzanne du haut de ses deux ans et demi, elle pourrait m'avoir dans son « rentre ». Elle ne prononçait pas encore tous les « v » et il semblait qu'elle ne fût pas pressée de remplacer le « rentre » par le « ventre » tant l'opération lui permettait de faire entrer qui elle voulait dans son corps.

Je savais des histoires lointaines qui procédaient à des tours complets de générations par la réincarnation. Une femme pouvait donner naissance à sa mère ou à sa grand-mère, ou à des âmes bien plus anciennes encore. Suzanne connaissait-elle cela en avance ? Quand elle serait une « grande femme », comme elle le disait, quelle vie passerait par elle ? Moi, comme elle le supposait ? Ou bien l'une de ses aînées sur la piste desquelles je me trouvais depuis des mois ?

*

Je lui avais longtemps cherché un prénom. Je le voulais avec le son « anne ». *Suzanne* m'était apparu un jour comme allant de soi. Bien après sa naissance, je rencontrai la légende de sainte Anne dans les textes apocryphes. Elle était la mère de Marie, était restée vingt années sans enfanter, puis une annonce, un désert, et une enfant miraculeuse, future mère d'un garçon que d'autres appelleraient Dieu.

L'existence d'Anne dans les textes était vagabonde, mais elle ne l'était pas dans les cœurs. On l'avait faite sainte des Bretons, patronne des mamans, des accouchements, et aussi des veuves.

Les prénoms qu'on donnait aux enfants ne cessaient de faire danser les histoires. Suzanne avait raison, autant jouer à tout inverser.

*

De temps en temps, j'envoyais à tante F. des photos d'actes de naissance. Je la tenais au courant de mes petites avancées, je faisais comme si nous nous étions lancées dans une enquête commune, pourtant ni l'une ni l'autre ne pouvait en donner l'objet, j'étais la seule à chercher et jamais je ne parlais du livre. Lorsque j'évoquai la concession abandonnée du cimetière parisien de Pantin, ses yeux bleu-gris, son petit corps de vieille dame me semblèrent rajeunir quelques secondes. « C'est fou, comme tu prononces ces mots, j'ai des images… Enfant, j'allais avec ma mère, oui, à Pantin, oui, c'est vrai, sur la tombe d'Ernestine... Oui, maintenant que tu le dis, nous prenions le bus... » Et le minuscule espace de mémoire qui s'était ouvert se referma immédiatement. Allez savoir ce que tante F. gardait sans le savoir comme image d'Ernestine qui me serait utile pour reconstituer le puzzle ? En attendant, c'est moi qui déposais les petits butins que je réunissais, devant sa porte, comme des offrandes.

*

Dès notre première conversation, tante M. avait évoqué la honte qui pesait sur les vies des filles-mères. « Je te dis ça sans avoir creusé, mais c'était la honte, oui, sur la vie de ces femmes, c'est sûr, c'était un poids de malheur. » Alors je creusais, moi. Je lisais les visages qui se détournaient dans la rue. Le « qu'en-dira-t-on » comme la pire loi de la jungle, les volets que l'on ferme, les maisons dont, un jour, on ne franchit plus le seuil. La honte était un trop petit mot pour dire le sort que l'on avait réservé à ces femmes et à leur famille. Nés hors mariage, les *bâtards* formaient avec leur mère un couple que l'on ne devait pas voir. Quand elles ne se résolvaient pas à les abandonner, elles vivaient cachées, ou quittaient leur ville ou leur village, elles survivaient comme elles le pouvaient.

Je creusai et je découvris les maisons maternelles, ces endroits quasi carcéraux que l'on construisait pour les *ventres maudits*. Des milliers de femmes y passaient leurs grossesses à l'abri des regards, personne ne leur parlait de l'accouchement, le « moins on en sait, mieux on se porte » sévissait là comme ailleurs. On ne leur rendait presque pas visite. Chassées de chez elles, elles étaient mises à l'écart, au silence, puis les bébés naissaient, les nuits sans sommeil, les dortoirs infernaux, enfants au pied du lit, les réveils au cri de « salopes de filles en chaleur, levez-vous ! ». Les maisons s'appelaient *La Maison de la première faute*, *La Maison Marie-Madeleine*. On entendait y sauver la France, l'honneur de la famille française, on ne voulait pas perdre de futurs soldats, on avait décrété qu'il fallait maintenant « accepter » les filles-mères, on les parquait donc. J'essayais d'imaginer leurs discussions, voir leurs visages, écouter leurs confidences dans les toutes petites lueurs du matin, à la campagne, dans la banlieue des grandes villes, l'une à la fenêtre, l'autre adossée au mur. Mais ni le corps de Marie-Julie, ni celui d'Ernestine, ni celui de Madeleine n'apparaissaient. Elles n'avaient pas fréquenté ces endroits-là. C'est paradoxalement l'incroyable répétition de leurs destins qui les en avait certainement gardées éloignées. Comment s'étaient-elles débrouillées alors ? Quelle était l'histoire de cette femme née au beau milieu du XIXe siècle, par laquelle commençait près d'un siècle d'une lignée de filles-mères ? Dans la marge d'un énième carnet, je notai pour la seule et unique fois, et sans presque jamais y revenir : *Marie-Julie : violée ?*

Comment elles tombaient enceintes ? Cela n'était pas la question. Elles n'étaient pas mariées, c'était cela, la question. La honte, voilà quelle était la réponse. Je pris un premier train pour Reims.

*

Réveillée à l'aube, le tout nouveau chant de Suzanne résonnait dans mes oreilles. Elle l'avait emprunté à une histoire de rossignol que je trouvais régulièrement sur mon chemin ces temps-ci. « Il y a longtemps que je t'aimerai », entonnait-elle ces derniers jours. C'était une bien belle biscornue déclaration d'amour. Je ne pouvais rien rêver de mieux que cet imbroglio des temps. Les oiseaux m'avaient réveillée et je somnolais yeux ouverts, front contre la vitre, quand notre train passa lentement devant des jardins ouvriers. Le tissage des grillages, les petites cabanes en tôle et bois, patchwork vert-gris-rouille, nous arrivions en gare de Reims, Suzanne et les oiseaux du parc chantaient ensemble dans ma tête. Un rossignol sur chaque épaule, je vérifiai l'adresse des archives municipales, j'avais déjà faim, il était neuf heures.

« Il y a bien un Achille Muller, cela vous intéresse ? » Je sursautai, mais tâchai de n'en rien montrer. Si je suivais cette piste, j'étais perdue. « Par contre, je ne vois pas de Marie-Julie, et aucune trace d'Ernestine non plus ! Vous savez, c'est un nom très commun, Muller, on a du Antoine, Élisa, Louise, Marie-Anna, et Marie-Madeleine, mais c'est le XX$^{e}$ siècle, ça ne vous intéresse plus ? »

La salle des archives ressemblait à s'y méprendre à une bibliothèque de collégiens. Une grande table, des vitres partout, l'inverse de ce que j'imaginais. Tout était tellement propre que je me mis à douter que l'on s'occupât ici du passé. J'avais laissé mes affaires dans un casier fermé à double tour à l'entrée. J'étais seule assise à cette grande table. J'étais *la* lectrice du jour. J'évoquai par morceaux et dans le désordre : l'hôtel-Dieu, l'acte de naissance avec le délai de reconnaissance, l'absence de père, et les quelques cotes d'archives que j'avais déjà relevées sur le site. « Vous ne trouverez aucune trace de séjour, on est au XIXe siècle. Ne pensez pas qu'on va vous sortir un dossier médical ou quoi que ce soit de ce genre, les gens viennent ici, ils veulent des comptes-rendus d'infirmières. Mais non. On ne gardait pas ces choses-là et, même si on les avait gardées, nous, ensuite, on doit faire des choix. On ne peut pas conserver tous les documents de toutes les vies, vous imaginez bien. Et puis vous savez, les petites gens à cette époque, ils n'étaient pas du tout considérés, alors leurs nouveau-nés… On se protégeait aussi, faut dire, on ne s'attachait pas, ça pouvait tellement mourir d'un jour à l'autre. L'hôtel-Dieu, à l'époque, il est à deux doigts de devenir un hôpital civil, on voulait une société civile, mais qu'est-ce qui régnait ? L'ordre religieux ! Faut pas croire, une femme qui arrive enceinte, comme ça, pis qu'est pas mariée, mais elle est considérée comme une traînée ! Je ne dis pas que c'était une traînée forcément, la dame que vous cherchez, je dis juste comment on la regardait à l'époque, ça se trouve que la dame en question, elle n'a pas couché avec tant d'hommes que ça, mais juste le fait qu'elle soit enceinte sans le père, et sans mari, c'est encore pire ! Bah, ça la range côté prostituée. » J'étais assise. On était penché au-dessus de moi. Je ne parvenais pas à interrompre le flot de paroles, qui me paraissait aller croissant. « Je vais même vous dire, quand on trouve la mention *aliénée* dans les archives, ça peut tout à fait être une femme qui a couché hors mariage. On va pas s'embêter, on ne va pas attirer la honte encore plus, on va écrire *aliénée*, mais tout le monde sait de quoi il s'agit. De toute façon, si on ne voulait pas voir la misère, on voulait pas voir la liberté non plus. On parle de maintenant, mais il faut se rendre compte à l'époque. On disait *les dames de petite moralité*, mais fallait pas faire grand-chose pour atterrir dans la catégorie ! Encore une fois, je ne parle pas des femmes qui allaient d'homme en homme, hein. On disait même un *trou mental*, ou elle a *ses nerfs*. Et puis celle qui finit enceinte parce qu'elle s'est fait violer, c'est pareil, c'est tant pis pour elle, c'est la honte qui s'abat. La religion est encore bien bien présente, et sur les femmes, c'est pire ! Non, ça, c'est sûr que pour apprendre sur l'évolution des sociétés, les archives hospitalières, c'est le bon endroit. On voulait pas voir la misère, mais vous inquiétez pas qu'on mettait les moyens pour la placer loin des yeux ! »

Je me taisais. J'avais un peu froid tout à coup et me demandais s'il y avait dans ce bâtiment au milieu de rien un distributeur de sucreries. On avait sorti pour moi des registres, je regardais régulièrement l'horloge, je faisais la soustraction avec l'horaire de mon train du retour, aucun dossier d'archives n'était encore posé sur la table, j'avais envie de dire que je m'étais organisée de longue date pour être ici, que cette journée était précieuse pour moi, tout à fait volée à la course de mes jours, que je ne pouvais pas en perdre une miette, que ce n'était pas un hasard si j'étais arrivée une minute après l'horaire d'ouverture. Je ne comprenais pas que je ne sois pas encore attablée à lire les petites écritures penchées d'encre noire que j'avais appris à aimer. « Vous allez quand même aller voir du côté des registres d'admission, vos cotes sont erronées, ce sont les cahiers de comptes de l'institution, vous ne voulez pas savoir combien de farine ou de sucre ou de draps on achetait pour les malades quand même ? » J'aurais volontiers voulu savoir, mais ne dis rien. Elle finit par partir en pause.

*

Un homme s'installa au bureau. Je remarquai le col élimé de sa chemise, sa silhouette humble. Je reconnaissais la voix que j'avais eue au téléphone quelques semaines plus tôt et qui avait semblé me décourager de venir, me disant combien les archives n'étaient pas faciles d'accès et à quel point l'offre pour le déjeuner alentour était réduite. Une jeune femme rousse, belle, aux yeux maquillés de bleu électrique, dépareillée dans ses habits, entra ensuite dans la salle d'étude, récupéra la petite fiche, revint quelques minutes plus tard avec un chariot et de très gros cartons. On me donna quelques consignes. Ce bal-là se reproduirait trois fois.

Je sortais précautionneusement les documents. Cartons, vieilles ficelles, écriture manuscrite. Je plongeais dans des archives non triées, c'était un magnifique désordre. D'abord je cherchais le nom que je cherchais officiellement, je passais tous les dossiers d'admission en revue, les listes, les dates, les causes, et les décès. Et puis vint le moment où tous les noms me furent familiers. Tous les noms me touchaient, étaient une pierre à mon édifice, tout me faisait avancer un peu. Qu'est-ce que je m'attendais à trouver exactement ? Je devais avouer le rêve secret : des lettres nominatives, expliquant la situation de Marie-Julie, peut-être la santé fragile de la petite Ernestine ? Ou encore des histoires d'argent ? Tout document pouvant m'éclairer sur les trois semaines qui avaient séparé la naissance d'Ernestine et sa reconnaissance par sa mère. Qu'est-ce que je trouvais à la place ? Des petits bouts de papier fragiles sur lesquels l'encre avait résisté cent trente ans, maintenus par d'autres petites bandes de papier fragile. Je lisais : *Martine Victoire R., femme aveugle, admise le 1^er^ août 1876, moyennant une pension annuelle de 2 500 francs.* Je lisais des lettres demandant des nouvelles de proches envoyés à l'asile public de

Chalon-sur-Saône et dont on ne savait plus ce qu'ils ou elles devenaient. Je lisais : *Le commissaire de police de Reims prie Monsieur le directeur de l'hôtel-Dieu de recevoir David L., demeurant au lieu-dit de la Petite Pologne, âgé de 60 ans, cet individu me semble atteint d'aliénation mentale, il croit qu'il est urgent de le mettre en observation. Reims, 1889.* Je lisais, sans pouvoir m'arrêter, toute une série de billets si fins, de la taille de cartes postales, sur lesquels s'égrenaient des causes de décès, des sommes à verser pour les inhumations, les noms, les lieux d'habitation ; des pneumonies, des attaques du cœur, des suites d'épuisement. Je lisais des tableaux plus froids, mais si chauds en fait, avec des dates et des noms, extrémités des existences. Je lisais des refus d'admission, écrits en très gros au crayon orangé IL NE VEUT PAS ENTRER ou plus petit, plus loin, toujours à la plume noire : *Elle n'est pas dans les conditions du Règlement, elle a des enfants qui peuvent l'aider.* Je lisais des recommandations chaleureuses à la commission administrative pour l'admission d'un proche. *Je n'ai jamais eu aucun reproche à lui adresser, je vous la recommande avec la plus grande bienveillance.* Je lisais, écrit en bleu cette fois, et barrant le dos d'un petit dossier grand comme ma main : *Elle entre finalement aux Petites Sœurs des pauvres, Elle renonce à sa demande* ou *Décède avant son entrée.* Je lisais, remplis à la main, des formulaires où s'exposaient les situations les plus intimes, cocasses, bouleversantes. *Jeanne Eugénie R. a l'honneur de vous exposer qu'elle sollicite l'admission de son père à l'hospice général de Reims, ce dernier, R. Marie André, est né à Boult, le 24 janvier 1834, de feu Pierre, et de feue P. Reine Angélique, il ne veut plus se livrer à aucun travail, bien que n'ayant aucune infirmité. Elle espère, messieurs, qu'appréciant les motifs ci-dessous, vous voudrez bien l'admettre à l'hôpital général.*

Nous étions au cœur de l'hiver, je me levais pour aller ouvrir mon petit casier de ferraille à l'entrée des archives et déglutir quatre gorgées de thé brûlant. Je songeais à ce que l'on demandait aujourd'hui aux plus pauvres, aux exilés, aux vieux, pour être soignés dignement. Je songeais à la récente grève des sages-femmes des urgences maternité de Lariboisière et à ce que je savais de l'état de l'hôpital public.

Deux heures plus tard, la tête rentrée dans ma grande capuche, je marchais dans la zone commerciale déserte. Mon téléphone se détrempa quand je tentai de téléphoner à la maison, j'abandonnai. J'avançais dans un sentiment d'étrangeté difficile à décrire, mais j'étais joyeuse. J'étais quelqu'un que je ne connaissais pas vraiment, dans les alentours d'une ville que je ne connaissais pas du tout, marchant vers un buffet chinois à volonté que l'on m'avait bizarrement vendu. Je poussai la porte du très grand restaurant, j'étais cow-girl, cheveux mouillés, sans monture, dans le far west de l'est de la France. On y mangeait en habit d'ouvrier de chantier autant qu'en costume de commercial. Je demandai une petite table et y passai le temps qui me séparait de la réouverture des archives. Je tentai en vain de commencer un petit livre sur Cézanne. Je fis ensuite le chemin retour et me retrouvai, comme le matin, devant les portes automatiques, seule lectrice du jour, une minute après l'horaire d'ouverture. Le ton s'était encore refroidi. C'était étrange, ce sentiment qu'il fallait toujours insister un peu pour savoir. Je me revoyais à la porte de la cuisine de tante F. à poser, depuis l'enfance, ma ritournelle de questions.

Je consultais l'heure régulièrement. Tout me semblait si court d'un coup. J'étais bredouille, je le savais, mais pouvait-on dire les choses comme ça ? Je continuais à sortir avec émerveillement les dossiers des cartons d'archives hospitalières. Les papiers déposaient de la poussière sur mes doigts, je déposais mes empreintes sur les papiers. Sur la table de lecture, je sortais les dossiers l'un après l'autre, mettais en place ma propre série de gestes silencieux, je cousais ensemble ces destins vulnérables. Chaque dossier était une feuille pliée en deux, décorée à la plume, le nom de la personne tracé avec un soin qui toujours me touchait, le nom de l'hospice de la ville en haut, le service au milieu, le nom, donc, toujours en plus gros, et le numéro de dossier en bas. J'arrivai, les minutes s'écoulant, à un immense ouvrage de patchwork étalé sur la table, par-dessus lequel flottaient les visages imaginaires de ces hommes et ces femmes passés un jour, peut-être un seul d'ailleurs, par les hospices de la région. Une foule. Ce peuple que l'on dit petit et dont il m'avait pourtant suffi d'égrener les prénoms et les difficultés pour le voir débarquer, en jupons, en tricot simple, dans la salle aseptisée des archives municipales. Un peuple gros et grand d'avoir vécu et que j'étais émue de pouvoir rencontrer.

Il y avait, comme annoncé, dans le dossier des consultations gratuites de l'hôtel-Dieu de Reims, quelques feuilles portant le nom Muller qui me firent plus d'une fois espérer. Je les lisais avec avidité et, s'ils ne faisaient rien avancer de mon enquête, je n'en étais pas moins heureuse, pas moins chargée, je reconnaissais là des destins qui étaient les jumeaux de celui de Marie-Julie, la première des filles-mères, dont la vie me resterait peut-être entièrement opaque. De qui était cette enfant qu'elle avait portée ? Que devais-je faire de notre crainte commune, à tante M. et à moi, que cette première des filles-mères eût été violée ? Qu'est-ce qui la ferait venir à Paris et avant cela se marier à Reims, en 1889, avec un fameux monsieur Tabouis ? Celui-là était-il le père biologique de la petite Ernestine, née en 1882 ? Et pourquoi, alors, ne l'avait-il pas reconnue ? Et de quoi mourrait-elle en 1908, à Paris, et pourquoi, elle non plus, je ne lui trouverais aucune tombe, aucun endroit pour saluer sa mémoire ? Je reliais des dates ensemble, j'en barrais quelques-unes au fur et à mesure sur mon cahier, c'est la seule chose que je pouvais mettre à mon actif. Si l'on s'évertuait depuis l'invention de l'écriture à graver les dates de naissance, de mort, de mariage, d'enfantement, ce n'était pas pour rien. La sensation d'éclaircissement que j'éprouvais à les reporter une par une sur le papier ne pouvait qu'en témoigner.

Il me restait une heure avant la fermeture, j'ouvris mon dernier carton. Un autre monde apparut, des centaines et des centaines de courriers, petite écriture régulière, plume savante, datant de la période postrévolutionnaire. Dans l'un d'entre eux, la commission représentative des hospices civils de la commune de Reims s'adressait au citoyen ministre de l'Intérieur. Je déchiffrai et transcrivis en français moderne : *Nous voyons avec la plus vive douleur que vous n'êtes pas plus touché que vos prédécesseurs de l'état affreux où sont réduits les hospices de cette commune et les orphelins de la Patrie, puisque les réclamations que nous vous avons adressées n'ont produit aucun effet. Le mal empire.* On y lisait dans le détail l'organisation difficile de ce qu'aujourd'hui on appellerait les gardes, les femmes souffrantes et obligées d'attendre l'officier accoucheur. On y apercevait des couloirs silencieux, d'autres où résonnaient les cris, des bassines remplies d'eau chaude. On y entendait des soupirs et des râles. Les courriers étaient réunis dans un dossier et ils étaient extrêmement nombreux. En y remettant un peu de chronologie, on voyait s'y déployer le grand désordre sanitaire qui avait suivi la Révolution et fait ces victimes dans les gens du peuple.

J'avais bientôt tout rangé, quand mes yeux s'arrêtèrent sur de petites feuilles volantes rectangulaires. Elles portaient toutes la même mention et des dates de séjour plutôt courts. Le dossier des « Enfants temporaires » s'entrouvrait pour me dire au revoir. Cette dénomination me hanta longtemps, avec elle, les quelques prénoms lus à la va-vite, et les âges mentionnés. On laissait ces enfants à l'hospice le temps que l'un des parents – la mère le plus souvent – reçoive des soins, signifiant ainsi que personne, au-dehors, n'était en mesure, pendant ce temps, de s'en occuper.

*

La voiture roulait sous la pluie, j'avais un peu d'avance sur l'heure du train et demandai qu'on me dépose à la cathédrale. Je passai quelque temps devant une piéta et achetai à la boutique de souvenirs une petite médaille de la Vierge à l'Enfant et un porte-monnaie brodé, très brillant, au même motif. Sur le moment, j'aimai beaucoup ces deux babioles.

Je tricotai dans le train du retour.

*

Tante F. n'avait pas eu d'enfants. Nous avions pourtant coutume de dire, elle et moi, qu'elle en avait élevé des centaines. Les élèves auxquels elle avait enseigné, les chiens, les chevaux qu'elle avait soignés, les sœurs qu'elle avait accompagnées, nous, ses nièces et neveux, qu'elle aimait, comme quoi exactement ? Je photographiai sa collection de couteaux fixés au carrelage de la cuisine. Je photographiai aussi la petite collection de brosses à vaisselle, il y en avait au moins douze, de toutes les tailles, de toutes les couleurs. Ici tout existait en plusieurs exemplaires, tout était utile, pensé avec ingéniosité. Il y avait de l'humour et de la malice, bien plus que de l'accumulation. Il y avait le plaisir manifeste de toutes sortes de drogueries et bazars où l'objet règne en maître. Tante F. cuisinait et Suzanne avait apprivoisé une chienne qui la faisait hurler quelques heures plus tôt. Elle fermait les grands rideaux pour lui garantir le meilleur sommeil, la petite chienne noire s'allongeait. Suzanne mourait d'envie de se lover contre son flanc, ce qu'elle avait fait nourrisson et jamais ensuite, et que j'avais fait, moi, avec cette même chienne et toutes celles qui l'avaient précédée, pendant des heures et des années. Je passai la tête dans la cuisine et demandai : « Toi, tu n'as aucune raison d'avoir les papiers d'Ernestine ? Ou des informations sur sa maman, Marie-Julie ? — Je ne sais pas. Il y a peut-être des choses à la cave, mais nous n'aurons pas du tout le temps d'y descendre cette fois-ci ! » Et puis l'échange reprit sur la parfaite cuisson des poireaux – qui l'était – et aussi quelques histoires qu'elle entendait en marchant dans la forêt.

« Parfois j'arrive à la conclusion que si je n'ai pas vraiment posé de questions à ma mère, c'est que je ne voulais pas savoir. » Tante F. avait dit cela, quelques heures plus tôt, alors qu'elle me demandait très brièvement si j'avais « trouvé quelque chose de nouveau ».

Je m'installai à la table du salon, Suzanne dans les poils noirs et gris de la chienne, je démêlai une pelote de laine multicolore que je trimballais depuis des mois. Tante F. vint me rejoindre, le repas était manifestement prêt et nous étions encore éloignées de l'heure du déjeuner. Elle s'assit et entreprit de m'aider à démêler la pelote. C'était quelque chose que je l'avais très souvent vue faire, réparer des choses, les démêler, y perdre patience, y arriver le plus souvent. Nous avions soudainement le temps et tante F. disait, les deux mains prises dans les fils orange et beiges : « Il y a encore des endroits où ça se noue. Je pensais qu'on y arriverait plus vite, mais c'est agaçant, tu crois que ça y est, et tout d'un coup tu trouves de nouveaux nœuds ! Parfois je pourrais tout casser. Juste parce que cela me résiste. Dans ce cas, je m'adresse directement à la chose et je lui dis, je lui parle toute seule, à la chose je lui dis : "Toi, petit objet qui n'as pas de cerveau, tu me résistes ? Mais tu ne vas pas me résister longtemps." » Je regardai tante F. avec amour. Je l'aimais autant que les phrases à triple étage qu'elle était venue prononcer. Elle continuait patiemment de remonter tous les carrefours de laine où notre entreprise bloquait. Je regardais ses belles mains de femme de bientôt quatre-vingt-cinq ans. Je regardais ses ongles. Elle tirait très doucement, mettait du jeu, défaisait le nouage, et reprenait son démêlage patient. Je visualisais les lettres fines et penchées de l'acte de naissance d'Ernestine, et mon sursaut du cœur, à la énième lecture de l'acte, devant le métier de sa mère Marie-Julie : *tisseuse.* Ernestine avait été couturière, l'état civil et les archives le confirmaient, mais il apparaissait que le travail du fil unissait toutes les générations : Marie-Julie tissait, sa mère, Marie, tissait, son père, Jean, tissait, et ses deux frères aussi.

Arrivée au nœud le plus tenace de ma pelote, tante F. coupa. Elle ne coupa pas brusquement, elle coupa les minuscules nuages de fil de laine qui rendaient l'affaire impossible. « Tu vois, tant que cela n'avait pas cassé, on ne pouvait pas y arriver ! On n'avait pas le bout. »

Je me demandai quel pouvait bien être le bout de ce que je cherchais ? Où était l'endroit cassé à partir duquel je pouvais reprendre. La laine totalement démêlée, je tournai le fil autour de la pelote avec un profond sentiment de satisfaction. Tante F. avait fait un nœud pour redonner continuité à mon fil. Elle m'avait dit : « Tu tricotes normalement maintenant, avec ce gros nœud, c'est comme ça, il fait partie de ta pelote désormais ! (J'entendais *vie.*) Une fois ton ouvrage fini, tu pourras dissimuler les fils en les faisant disparaître dans le tricot, je te montrerai. »

Je jubilais d'écouter ce que l'on peut dire sans avoir le sentiment de le faire. Ce que l'on peut réussir à dire sans en payer un prix trop fort.

Juste après le déjeuner, nous étions descendues, tante F., Suzanne et moi, à la cave. Suzanne remarquait l'obscurité en s'amusant. On me demandait de piocher dans les rayonnages incroyablement organisés de confitures maison triées par fruits. Cela m'émouvait. Je repensai : « Nous n'aurons pas le temps d'aller à la cave cette fois-ci » et je regardai les cartons placés en haut des étagères. Peut-être rien. Peut-être des documents précieux, des lettres et des photos… mais peut-être rien. Nous refermâmes la porte et montâmes, Suzanne et moi, dans la petite voiture en saluant tante F. de la main.

Les jours suivants, je tricoterais avec le gros nœud fait dans la laine bleue et remettrais à plus tard la décision de le dissimuler ou non dans l'écharpe. Suzanne s'en était, depuis peu, officiellement élue destinataire.

*

Le mot *tisseuse* écrit penché il y a presque cent quarante ans sur un registre de la Ville de Reims, je l'attrapai au bond. Il me plaisait d'y voir une explication de mon émotion si grande à la découverte du travail de Sheila Hicks quelques années auparavant. Il me plaisait de faire de ce petit mot la preuve d'une généalogie secrète, quelque chose qui n'avait pas été interrompu. C'était assez banal, cette manière de combler les vides en imitant l'araignée, et je faisais feu de tout fil. Peut-être allais-je à l'inverse du mouvement engagé par les femmes qui me précédaient, ma mère, tante F., tante M., Madeleine elle-même, qui avaient dû déployer une force inimaginable et payer le prix douloureux du secret pour faire leur saut, chacune, en dehors du rang. Ou peut-être nos mouvements, à quelques générations d'écart, étaient-ils complémentaires ? Elles avaient fait le trou, je m'occupais du rapiéçage, et comme cela le tissu pouvait tenir encore un moment.

*

Marie était louée, dès son plus jeune âge, pour la manière toute singulière qu'elle avait de travailler la laine. Elle le faisait devant les yeux ébahis des femmes plus âgées, sa vie était réglée et stricte, elle priait tout le matin jusqu'à tierce et de tierce à none, s'adonnait au tissage. C'est à elle que revenait aussi de broyer le pourpre pour le voile du Temple au moment de rejoindre la maison de Joseph, et d'en assembler les lés par un travail de couture très habile.

Le livre était posé depuis des semaines sur la table en bois. Un ami me l'avait envoyé comme une plaisanterie, pour ma fête, je ne l'avais jamais ouvert. Le philologue et historien Carlo Ossola y parcourait plusieurs siècles de textes religieux et littéraires, pour dessiner quelques grands traits de la tradition mariale. J'y découvrais que l'Immaculée Conception et l'Assomption n'avaient été érigées en dogmes que fort récemment, faisant des fêtes et dévotions populaires, vieilles de plusieurs siècles, des dogmes officiels de l'Église.

Sur la couverture, Marie portait un voile bleu et une robe rouge. Elle présentait ses mains, paumes simples et humaines. Elle montrait des yeux noirs, creusés en dedans, des yeux de sorcière, des yeux vers l'obscurité totale. Je passai un long moment à plonger dans ces yeux-là en retenant un hoquet de sanglots. J'aimais tout dans la rousseur étonnante de cette jeune femme, mais j'aimais certainement, au-delà de tout, son plus grand mystère, son manifeste appel à l'au-delà du visible. J'aimais son sourire, très petit très doux, comme d'abord adressé à elle-même et qui me faisait complice de son savoir. Lorsque je tournai la page, je découvris qu'il s'agissait de l'Annonciation peinte en 1534 par Lorenzo Lotto.

> *La Vierge tourne le dos à l'Ange qui annonce. Elle regarde chacun de nous ; ses mains grandes ouvertes accueillent, supplient peut-être :* Pas moi, pas maintenant. *Elle a abandonné le livre où tout est déjà écrit et redevient pour un instant jeune femme, au regard doux, vif, inquiet : « O vos omnes qui transitis per viam, attendite et videte. »*

Pas moi, pas maintenant, pas les choses écrites en avance.

*

Trois ans en arrière, dans une salle de bains, pleine nuit, je défaisais l'emballage du test de grossesse. J'urinai, attendis le cœur battant en dehors de ma poitrine, si fort que jamais plus je ne le sentirais battre ainsi. Il battait comme les jours de deuil, une tranche de réel tombait sur moi comme on découpe le monde, comme un toit se disloque sous l'explosion. Il m'était impossible de dire si la peur, si la vie, si la mort… qu'est-ce qui venait ? Je remis le test dans sa boîte, je le plaçai dans la poubelle. Je sortis de la salle de bains, je fis demi-tour, je sortis le test, le regardai de nouveau, mon cœur me devançant, il gisait, il battait sur le plancher, je le voyais se gonfler, se rétracter, je ne pouvais abriter un cœur comme ça. Je me savais enceinte, depuis des semaines, mon visage dans le miroir d'un bar enfumé sur une île japonaise, mes insomnies sous la tente sur une autre île japonaise, la certitude doublée du refus de savoir, les marches sous la pluie, les signes par milliers, les daims de Nara, le ciel au-dessus des temples. Je le savais. Il était trois heures du matin, mon cœur vivait son plus gros trip extatique, j'avais peur ou autre chose de plus grand, je marchai jusqu'à la chambre sans bruit, m'allongeai, je ne disais rien, je priais pour retrouver le sommeil, je remplissais mon corps de craintes, elles n'étaient rien d'autre qu'une sorte de joie, mais je croyais mourir de peur, je me réveillai au matin, comment avais-je pu ne rien dire ? Et cela pendant des heures ? Il m'avait fallu amasser un très grand nombre de preuves et ouvrir un immense théâtre de négociations, alors que je savais cela si fort, j'étais enceinte. Dans quelle autre nuit plus belle aurions-nous pu nous draper ? Quelques mois plus tard, faire cette annonce devenait un monde. Une montagne immense à franchir. On me mit sur une piste précieuse, ce n'était plus l'Annonce faite à Marie, mais l'annonce *faite par Marie* avec laquelle je me débattais. J'aurais dû en rire. Je disais : « Bonsoir, c'est Marie (je précisais toujours, la fille de…). Tiens, je voulais t'annoncer que nous attendons un enfant. » Après chaque annonce, mon cœur s'allégeait et récompensait mon effort d'apparition par un soupir comptant chaque victoire sur la pudeur. Voilà une chose vraie que je pouvais désormais dire de moi : j'attendais un enfant.

Est-ce que l'on pouvait naître de ça ? Pouvait-on naître d'attendre une naissance ? Pouvait-on mourir à soi-même de la même chose ? Je ne comprenais pas le vertige auquel j'étais sujette. Je ne savais pas le déchiffrer. Pour dire cette nouvelle vérité que personne ne m'obligeait à dire, il me fallait sortir d'un silence que l'approche de l'annonce elle-même mettait à nu. Devoir me dire enceinte revenait à sortir d'un secret et – donc – à le reconnaître. Je naissais dans la douleur d'apparaître et dans quel habit me semblait-il le faire ? Était-il souillé ?

Qu'est-ce qui avait motivé pendant des siècles la haine et le rejet dont les filles-mères étaient l'objet ? Le fait qu'elles ne soient pas mariées ? Ou le fait que l'absence de mariage rende leur sexualité crue, visible, réelle en somme, pas abritée, pas surveillée, pas régulée ? C'est cela que l'on avait voulu tuer et c'est peut-être cela que je traversais à ma manière, bien des années plus tard et dans une tout autre condition. Me dire enceinte, c'était apparaître dans l'habit souillé de la sexualité des femmes.

*

Un de mes rêves d'alors mêlait le décor champêtre et cruel d'un incroyable poème de

Jacques Prévert et des souvenirs d'enfance difficiles à situer. J'y courais entre des lignes de fil où pendait du linge – blanc – pour qu'il sèche. Je tombais nez à nez avec tante M. Elle prenait mon visage dans ses mains et m'embrassait les joues en se moquant tendrement. « Tu es tellement sage, ma petite fille ! Tu es si sage ! » Je reprenais ma course dans le même élan.

Le poème de Prévert commençait ainsi : *Oh la terrible et surprenante odeur de viande qui meurt / c'est l'été.* Dans une scène de lessive au jardin, dans les cris d'une jeune femme enceinte, on veut, coûte que coûte, laver la tache. La famille met toute son ardeur pour laver la tache et faire disparaître le ventre rond de la jeune fille qui ne veut pas dire le nom du père. On sort la brosse la plus cruelle, on y va franchement, mais la tache résiste. Ne parvenant pas à la faire disparaître, on tue la belle enfant.

> […]
> *Que tout ceci ne sorte pas d'ici*
> *honneur de la famille*
> *honneur du père*
> *honneur du fils*
> *honneur du perroquet Saint-Esprit*
> *elle est enceinte la jeune fille de la maison*

*il ne faut pas que le nouveau-né*
*sorte d'ici*
*on ne connaît pas le nom du père*
[…]
*la famille pieds nus*
*piétine piétine et piétine*
*c'est la vendange de la famille*
*la vendange de l'honneur*
*la jeune fille de la maison crève*
*dans le fond…*
*à la surface*
*des globules de savon éclatent*
*des globules blancs*
*globules blêmes*
*couleur d'enfant de Marie…*

Je ne savais pas encore si l'on pouvait naître d'attendre une naissance, mais je portais le savoir silencieux qu'on avait pu en mourir.

*

L'hôtel-Dieu de Reims, où avait accouché Marie-Julie en 1882, était tenu par les sœurs augustines. Je relisais sans cesse leur Règle de vie. Je la relisais autant de fois que l'on relit le poème, même cruel, que l'on aime tant.

J'y trouvai la présence d'un autre vêtement taché.

*On maintiendra la paix. On ne préférera pas ses propres avantages à l'avantage de tous. On sera heureux d'avoir une sœur cuisinière et bien soigneuse et affectionnée, à la vertu solide, avec l'ardent désir de plaire à Dieu. On ne souillera pas son cœur en voulant ôter les taches de nos habits.*

*

Je repensai à la question de Suzanne qui avait rythmé ce drôle d'été. « Elle est où, la maman ? » Elle avait orienté ma lecture de ce délai de trois semaines qui existait entre la naissance d'Ernestine et sa reconnaissance en tant que *fille naturelle* par sa mère. C'est moi qui demandai, à mon tour : « Elle est où, la maman ? »

Dans les archives de l'état civil, j'avais retrouvé, à la génération suivante, ce même délai entre la naissance de Madeleine et sa reconnaissance en tant que *fille naturelle* par sa mère Ernestine. J'en avais fait l'occasion d'épaissir le mystère. Avaient-elles songé un instant à abandonner leur enfant ? Avaient-elles hésité à être mères ?

Il me semblait m'affairer autant à cela, épaissir le mystère, qu'à toute forme d'éclaircissement. J'avançais dans un élan trouble. Je voulais et ne voulais pas savoir. Je compliquais certaines choses, quand il suffisait, pour en avoir explication, de quelques recherches. C'est dans ce sens que me répondit l'historienne Nadine Lefaucheur.

*C'est assez simple. Il faut distinguer la déclaration de naissance qui établit l'état civil du nouveau-né et la reconnaissance qui, pour les enfants nés d'une mère non mariée, établit leur filiation et détermine tout ce qui y est lié en matière d'héritage, de droit à l'entretien, d'inscription dans une lignée, etc. Depuis la Révolution française, qui a substitué la déclaration de naissance au baptême comme acte fondant l'état civil des individus, cette déclaration, faite normalement par le père, obligatoire et dans un délai limité après la naissance, n'établit la filiation que pour les enfants dont la mère est mariée. Pour les mères non mariées, la déclaration était habituellement faite par la sage-femme « témoin de l'accouchement » ou par un employé assermenté de l'hôpital ou de la maternité. Par contre, pour que la filiation maternelle soit établie, il fallait que la mère se rende en mairie (ou chez un notaire) après sa sortie de la maternité – ou plus tard – et déclare reconnaître l'enfant.*

*Jusqu'en 1872, la « possession d'état » (la preuve qu'elle traitait cet enfant comme le sien) était souvent considérée comme valant reconnaissance. La Cour de cassation l'invalide cette année-là. Pendant un siècle, l'acte de reconnaissance par la mère a été indispensable pour fonder les (quelques) droits de la mère sur l'enfant et de l'enfant sur sa mère. En 1972, la possession d'état a de nouveau été reconnue comme valant reconnaissance et l'enfant naturel est « entré dans la famille » de ses ascendants. Ce n'est que depuis le décret du 4 juillet 2005, entré en vigueur le 1er juillet 2006, que la déclaration de naissance vaut établissement de la filiation maternelle. Il n'y a plus que les accouchées sous X voulant rompre le secret et établir le lien de filiation qui peuvent et doivent faire un acte de reconnaissance pendant les deux mois du délai de « repentir ».*

Alors donner naissance pendant longtemps n'avait pas suffi. Marie-Julie et Ernestine n'avaient fait que suivre ce que la loi leur imposait pour que leurs filles puissent s'inscrire dans une filiation. Pour être mères légitimement, aux filles-mères cela coûtait davantage. Couturières au travail. Femmes indigentes. Femmes surveillées. Aux femmes, malgré leur corps, malgré l'évidence de ce corps traversé par un autre, alourdi par un autre, malgré cela, aux femmes, sans le mariage, on avait retiré le pouvoir d'être mère *de fait*. Aux filles-mères, il fallait le dire deux fois et, malgré la honte, revenir plusieurs semaines après l'accouchement, le faire écrire et en tirer de menus droits. Le mystère que j'avais laissé planer sur les quelques semaines entre naissance et reconnaissance était mon mystère à moi, mon temps suspendu à moi, mon hésitation. Elles n'avaient fait, ces femmes, que ce qu'on leur imposait et, bien à rebours de mes premières hypothèses, n'avaient pas hésité à s'inscrire *mère*.

Au contraire, peut-être avaient-elles tout fait pour. Je ne pouvais rien démêler de leur ambiguïté. Cela resterait leur secret. Comment avaient-elles accueilli l'annonce ? Que l'arrivée d'un nouveau-né fût, dans leur situation, envisagée sous le vent de sentiments contraires, rien de plus naturel. Mais quelle part exacte de joie, quelle part d'effroi, quelle part de peur ou de désespoir ? Même si cela n'avait pas été le cas pour Ernestine, Marie-Julie ou Madeleine, bien sûr que des filles-mères avaient songé à abandonner leur enfant, ou à en avorter pour se sortir de la terrible impasse dans laquelle les plaçaient ces grossesses. L'illégitimité des enfants était la première des raisons qui poussaient leurs mères à les abandonner, par milliers. À Paris, à Rouen, à Tours, à Reims, les chiffres du XIXe siècle étaient étourdissants. Sur les gravures, on représentait l'enfant emmailloté dans un tissu, accueillant parfois le dernier baiser de sa mère. Ces images me bouleversaient. Des textes décrivaient aussi le chiffon imbibé de lait que l'on plaçait dans la minuscule bouche du nourrisson, le temps d'un trajet cahoteux sur les mauvais chemins qui reliaient les grandes villes aux campagnes dans lesquelles on trouvait parfois des nourrices. Beaucoup mouraient, et s'ils ne mouraient pas sur ces routes, ils mouraient dans le premier mois de leur vie, quatre ou cinq semaines assassines, passées de bras en bras, qui tuaient en quantité plus importante ces *enfants de la honte*. Il y avait des tableaux pour le détailler et s'en souvenir, c'était glaçant. D'autres tableaux recensaient les dates de sevrage de ceux qui survivaient. Un sevrage brutal, le premier jour d'un mois que l'on choisissait pour qu'il soit facile à noter, on retirait l'enfant de la nourrice et il faisait un autre chemin, vers d'autres endroits, des pensions.

Avant cela, il y avait eu les *tours*. Dans des cavités creusées directement à même les murs des hospices, une boîte en bois, un cylindre que l'on pouvait faire tourner de la rue jusqu'à l'intérieur, qui permettait de disposer le nourrisson, dans l'anonymat, et d'assurer peut-être sa survie. Cela offrait aux filles-mères de ne pas être criminelles deux fois aux yeux de l'Église, de leur famille et de leur pays, en accouchant d'un enfant illégitime puis en l'abandonnant. Elles le confiaient, la nuit, au sort et à l'attention des soignantes. Elles laissaient parfois un linge, un ruban, un signe, une lettre, que l'on consignait et qui suivait l'enfant. Les murs des hospices étaient une très grande phrase de pierres dans laquelle la nuit semblait avoir creusé elle-même des silences.

Cela durait quelques secondes, quelques minutes peut-être. Déposait-on un baiser sur le front ? L'enfant pleurait-il ? La cloche que l'on actionnait juste avant de partir recouvrait-elle immédiatement les pleurs et la peur du nouveau-né ? Combien de temps s'écoulait entre le son des pas de la mère dans le noir et les premières mains soignantes qui arrivent ?

Ces enfants-là gardaient-ils dans le corps, comme ce trou dans le mur de l'hospice, un endroit dévidé ? Pouvais-je, quelques décennies plus tard, attraper un fil de coton, brut, et sale s'il le faut, pour repriser le tissu troué du cœur de ces enfants-là ? Que recoudrais-je alors qui me concernerait ?

Presque exactement un siècle après la naissance d'Ernestine à l'hôtel-Dieu de Reims, ma mère, non mariée, demanda à mon père, un mois avant le terme de la grossesse, de faire acte de reconnaissance à la mairie du petit village breton où je ne naîtrais pas, mais d'où venait le prénom que je portais légendairement.

*

« Elle est où, la maman ? » avait demandé Suzanne pendant tout un été. À qui adressait-elle la question sinon à la sienne.

On a tous peur de l'abandon.

*

Suzanne était une puissante boussole. Elle retournait mon ouvrage et m'en lisait les motifs à voix haute. Elle semait des mots que je ramassais patiemment. Elle allait avoir trois ans. Pendant les premières semaines de sa vie, je trouvais cela *impossible*, d'avoir donné naissance à quelqu'un. « Comment est-ce possible ? » murmurais-je le soir, inlassablement, en regardant son petit corps. Après tout ce temps passé avec elle, je ne trouvais rien à répondre d'autre que l'orage de réel qu'elle faisait éclater nuit et jour. Elle tendait le miroir des contes et il n'était pas question de se demander qui est la plus belle, ni qui suis-je, mais *que* suis-je et dorénavant quelle est la matière disponible autour ? « Quelles formes sommes-nous en train de produire ? » interrogeait Sheila Hicks et je n'avais pas oublié sa question. Je revoyais ses mains croisées ; la parole tranquille de Paul Klee s'en allant tisser l'après-midi ; la silhouette penchée sur son ouvrage de la jeune Vierge Marie, qui se demande qui vient la saluer et à quoi va-t-elle bientôt consentir ? Suzanne avait raison quand elle disait que « les mères ne connaissent pas leur enfant », ni au début, ni plus tard, malgré l'illusion, et peut-être ne se connaissent-elles pas vraiment non plus. Souvent ses mots me proposaient d'abandonner la volonté de savoir au profit de la joie simple. Suzanne dansait au soleil. Suzanne dansait autour de moi. Je poussai la porte de la petite cabane où j'avais désormais installé mon bureau et remarquai une toile d'araignée qui n'était pas là la veille. Elle partait du bois des carreaux de la fenêtre, semblait s'accrocher au verre même, s'accrocher doucement au deuxième morceau de bois et courir sur le mur comme un vêtement ajusté. Je m'étonnai de la vitesse à laquelle elle était apparue. Cette toile parfaite, minutieuse, en une nuit. Ma fille mit son doigt dedans. J'ouvris le carnet où j'avais reporté les dates et les renseignements trouvés dans les archives. Au même moment, un petit rouge-gorge me salua par la fenêtre. Grassouillet, il était le frère, le fils, le petit-fils du rouge-gorge que ma mère avait salué toute mon enfance en faisant la vaisselle. Il était celui auquel je pensais toujours quand je chantais *À la claire fontaine*. Le vieil air évoquait un rossignol, mais je ne savais pas à quoi ressemblaient les rossignols, alors ils avaient toujours eu pour moi l'allure des rouges-gorges de ce jardin. C'est d'ailleurs un extrait de cette chanson qu'avait choisi Marise Querlin dans *Les Ventres maudits*, en 1954, pour décrire le sort triste et terrible des filles-mères mises au ban de la société. Je l'avais tant chantée à ma fille pour qu'elle s'endorme, bébé, que j'avais été troublée de la trouver dans ce livre-enquête. Découpée en strophes, elle avait soudain sonné gravement à mon oreille et j'avais immédiatement cessé d'en faire une berceuse.

Si l'oiseau avait *le cœur à rire*, pourquoi toutes ces femmes auraient-elles dû l'avoir *à pleurer ?*

La toile semblait se tisser sans moi, pourtant, parfois, j'étais abattue de fatigue.

*

*Chère Madame,*

*Je me permets de vous écrire une nouvelle fois à propos des courtepointes brodées de l'hôtel-Dieu conservées à Saint-Remi.*

*Je n'ai trouvé que des relevés de motifs via Gallica, et bien entendu, le récit de leur redécouverte, en 1882, au grenier, via le même portail de la Bibliothèque nationale de France.*

*Dans l'attente de pouvoir un jour les voir en vrai, pourriez-vous m'indiquer des textes plus récents de chercheurs ou chercheuses qui se seraient penchés dessus ? Ou des prises de vue que vous auriez pu faire pour inventaire ou archive ?*

*Je vous remercie et vous prie de recevoir mes meilleures salutations.*

*

Depuis ma première visite aux Archives de Reims, il me semblait avoir beaucoup dormi et beaucoup rêvé. J'avais vu pendant plusieurs nuits revenir la liste des noms Muller, les écritures penchées, ce nom qui n'était pas le mien et que j'avais appris à reconnaître les yeux quasiment clos. La liste était revenue dans les rêves et, avec elle, les précisions marginales mais essentielles que l'on apprend à traquer, parmi lesquelles *enfant sans vie.* Dans une des tables décennales, au milieu des Muller nés entre 1893 et 1902, entre tous ces prénoms que j'avais fait défiler en les prononçant dans ma tête, il y avait les *enfants sans vie* et sans prénom. J'avais appris que l'on pouvait naître plusieurs fois en somme, si l'on était reconnu en plusieurs fois, j'apprenais aussi que l'on pouvait naître *sans vie.* Chaque acte porté aux registres de l'état civil, chaque écriture semblait la première et la dernière, à chaque fois *l'ultime.* À chaque fois la plus fraîche nouvelle que l'on puisse donner du passage d'un être sur cette terre. Même quand il s'agissait de sa mort.

Dans le rêve, il m'était impossible de dire si la table décennale était celle des naissances ou celle des décès. J'imaginais donc qu'il existait pour ces *enfants sans vie* deux lignes jumelles, une dans le registre des naissances, une du côté des décès. Une ligne de vie, une ligne de mort. Je revoyais défiler la liste, et devant la mention *sans vie* je m'écriais : « Mais il est là, l'enfant mort ! » L'exclamation me réveillait et, dans l'obscurité totale, je peinais quelques secondes à déterminer où j'étais. Il me revenait un soir d'hiver, très froid, j'avais demandé à ma mère si elle avait avorté un jour, si elle avait fait une fausse couche entre mon frère et moi, si elle ne connaissait pas d'histoire d'enfant mort-né dans sa famille. Elle avait répondu avec la franchise qu'elle conserverait bien des années ensuite devant toutes mes questions : « Non, pas d'enfant mort. Vous êtes tous les deux venus *à temps.* Pas d'avortement non plus et pas de fausse couche. » Je lui avais posé cette question, car j'étais, déjà à l'époque, visitée par des nourrissons dont il fallait toujours vérifier le battement du cœur, la respiration.

Je me rendormais et le rêve suivant s'employait à relier le souvenir revenu et le songe précédent. J'y déambulais dans un simulacre de forêt aux teintes bleutées, il y avait beaucoup de monde, on exposait toutes sortes d'animaux sauvages et étranges. Dans un enclos, je ramassais un minuscule lapin blanc. Je le savais tout nouveau-né, je le gardais contre moi, consciente de n'avoir pas le droit de le ramasser ainsi, mais révulsée à l'idée de le laisser sans soins. Je marchais de longues minutes sans oser le regarder pour ne pas attirer l'attention, son petit corps blotti contre mon corps qui errait. Je devinais au bout d'un long moment les mouvements secrets de son museau, ce mouvement si propre aux lapins, dont on ne sait pas dire s'il est fait pour humer, communiquer, se gratter, bref, le petit lapin blanc pelotonné dans mes bras était vivant.

Le lendemain, je racontai que j'avais tenu

en rêve un petit lapin blanc, très doux et à peine né, dans mes bras. Suzanne réagit à la seconde : « C'était moi ? » Je fus déconcertée. En un instant, sa question se transforma en affirmation : « C'était Suzanne ! C'était moi, maman ! » Elle me montra ensuite la paume de sa main en me demandant quels étaient donc les dessins qu'elle y voyait tracés.

« Ce sont des lignes de vie.

— C'est quoi, les lignes de la vie ?

— C'est le nom que l'on donne à ces traits qui zèbrent nos paumes, ce sont des petits plis. Regarde, quand tu recroquevilles complètement ta main sur elle-même et que tu la déploies de nouveau, cela se fait selon ces dessins-là. »

Elle imita le geste plusieurs fois en s'éloignant du fauteuil où je me réveillai doucement. J'entendis résonner dans ma tête : « Mais il est là, l'enfant mort ! Il est là ! »

À l'âge de treize ans, j'avais été marquée par la mort du fils de mon voisin de palier. Le fils de Mohamed s'appelait Abdelkader, il était mort d'une overdose d'héroïne comme de nombreux fils d'immigrés maghrébins dans cette période-là. Deux souvenirs sonores encadraient cette mort : ses cris, un soir de colère (un soir de manque ?), et ses coups contre l'ascenseur. Et les chants sacrés, pendant toute une nuit, quarante jours après sa mort, pour accompagner son âme dans ce que son père et l'islam désignaient comme l'au-delà. Le *fils mort*. J'avais mis quelques années et quelques pages d'écriture pour déterrer ces deux souvenirs-là. Il était peut-être là, l'*enfant sans vie*.

Aurais-je le courage de vérifier une à une toutes les mentions de l'état civil pour savoir si l'un des enfants morts était celui d'Ernestine, ou de Madeleine, ou de Marie-Julie ? Aurais-je l'endurance de suivre une à une ces lignes-là ? Cela avait-il seulement le moindre sens ? Ne devais-je pas plutôt, comme une autre avant moi, suivre le lapin blanc et bien vivant ?

*

C'était trois ans en arrière, un des premiers jours de printemps. Il faisait encore très frais. J'étais venue seule à cette dernière séance de préparation à l'accouchement. Nous étions une petite dizaine dans la salle du bas de la maternité, un peu de ciel venait nous coiffer. Il y avait un piano dans cette salle, des matelas de gymnastique, quelques ballons. Nous nous regardions comme à chaque fois, étrange communauté. Plus qu'à l'accoutumée, je remarquai la présence des pères, ils étaient peu nombreux cette fois, mais ceux-là auraient, je le savais déjà, des choses à nous dire. C'était une séance importante, nous avait-on prévenus, une séance qui n'aurait rien des apprentissages techniques des précédentes, une séance sans respiration ou postures ou dessins au tableau, une séance pour parler de l'imprévu. Car c'est à cela, nous disait la sage-femme, c'est à cela qu'il faut être préparé. « Tâche impossible, souriait-elle, se préparer à l'imprévu… » Mais ce serait la nôtre, pendant une heure et demie, dans ce rez-de-chaussée d'une maternité de la Seine-Saint-Denis. Nous allions dessiner des contours pour l'inconnu et repartirions à peine plus armés qu'en entrant, avec ces traits-là, flottant dans l'air. Les regards étaient concentrés et vifs. À l'invitation de la sage-femme, un couple, déjà parents, raconta ce qui, dans le premier accouchement, était arrivé d'imprévu : une césarienne en urgence, une course vers le bloc opératoire, l'homme aimé recouvert d'une combinaison, l'homme aimé disparu, un enfant qu'on emmène vite, loin, pour des soins, cette chose qu'on ne pouvait imaginer, cette absence soudaine et froide. Et l'homme et la femme, dans une bouleversante économie de mots, de dire comment le réel avait fait un trou brutal dans le tissu imaginaire qu'ils avaient patiemment brodé autour de ce moment-là. J'avais par réflexe appuyé sur l'enregistreur de mon téléphone. J'avais ensuite, et comme par pudeur, perdu cet appareil et les voix lointaines de ces personnes. Mais, où qu'elle fût désormais, la machine contenait aussi la parole de cette femme, venue seule, qui avait pris la suite et dit : « Moi, l'imprévu, ce fut la fausse couche. » D'abord serrée, sa gorge s'était déliée en laissant venir quelques larmes. La jeune femme s'était mise à raconter un après-midi entier pendant lequel son ventre s'était tordu de douleur, elle saignait, elle se traînait aux toilettes, elle n'avait plus de forces, ne connaissait pas cette déchirure, ne connaissait pas les vagues de la contraction qui agit, manquait de s'évanouir, appelait l'hôpital, son ami, on lui répondait qu'elle expulsait le fœtus et qu'il n'y avait rien à faire qu'attendre. Elle avait passé des heures ensanglantée et gisante dans la banlieue parisienne du

XXI^e^ siècle, elle le racontait pour nous, cela lui revenait, imprévu là aussi, car les contractions, normales celles-ci, des tout derniers jours de sa nouvelle grossesse avaient réveillé le souvenir enfoui dans le corps. J'avais à peine plus de trente ans, j'entendais un récit précis de fausse couche pour la première fois de ma vie. Une autre jeune femme prit la parole à sa suite, les yeux silencieux et forts de la sage-femme semblaient pouvoir porter la flamme de cette parole, et j'étais ahurie. « Moi aussi, poursuivit l'autre femme, l'imprévu, ce fut la fausse couche », et de décrire dans d'autres mots, avec une autre lenteur, la surprise de la douleur, le chagrin qui recouvre, la solitude et, plus que tout, dans l'incompréhension la plus totale : la peur de mourir. La première peur de mourir. Ce sont ces mots, pesés, longs, à coup sûr prononcés pour la première fois, qui m'avaient fait verser les premières larmes. Elles ne cesseraient de couler. Ce fut une longue séance uniquement tissée de paroles, enregistrée de bout en bout, évaporée dans les limbes de la téléphonie moderne, au cours de laquelle mes larmes avaient rejoint une rivière que je ne savais pas connaître. « Moi aussi, j'ai cru mourir, poursuivit une troisième femme.

— Et j'ai cru la perdre », renchérit, inaudible l'homme assis à côté d'elle. Rien d'extraordinaire, poursuivirent-ils tous les deux. Seulement, elle s'était fait surprendre par la douleur, sa fatigue, l'insurmontable douleur, et elle avait cru mourir. Cru en rester là, le dos contre la table d'accouchement, les yeux révulsés de surprise. Elle se souvenait s'être dit qu'elle donnait la vie en mourant, et c'était une chute vertigineuse, et elle était là, douce, secrète, pour nous le raconter. J'ouvrais de grands yeux, je touchais mon ventre, je regardais mon téléphone, sur l'écran duquel dansaient les ondes des voix enregistrées. Je n'en revenais pas.

Près d'une heure venait de passer depuis la question de la sage-femme. Elle reprit la parole pour dire : « Il ne faut pas nous effrayer que la mort soit si présente. Que nous disent entre autres ces histoires ? Que la mort a entouré pendant de longs siècles la naissance des enfants ? Qu'elle a menacé et emporté un nombre inconsolable de femmes et de nouveau-nés ? Que, quoi que nous disions, quelle que soit la modernité de nos techniques, quelle que soit la folle diminution de ces morts tragiques, elles sont encore si proches, et indéniablement en nous ? Oui, nous sommes, vous êtes, dans le sillon de femmes et d'enfants qui sont morts à la croisée de ces chemins-là. » Je pleurais toujours, immobile, sans sanglots. La pente douce et calme de l'eau chaude sur mes joues. Je retrouvais la sensation intacte de la nuit où je m'étais découverte enceinte. Dans l'obscurité de la salle de bains, la main tremblante tenant le test de plastique positif, la clairvoyance des jours où la mort perce. C'était cela, indémaillable, qui arrivait en un bloc fluorescent : la potentialité de la vie et celle la mort. Indémêlable. Cru. Coupant. Vivifiant. Comme le sont étrangement les journées d'enterrement. La piqûre la plus vraie.

La séance se poursuivait. Certaines femmes étaient entrées dans les détails de leur corps, la pose de forceps vécue comme un viol, l'intrusion d'une main sans parole dans leur sexe et dans leur ventre, les spatules froides, nécessaires peut-être, ce n'était pas la question, la question, c'était l'imprévu, l'indélicatesse parfois, la violence aussi.

Plus ces femmes parlaient, plus je me disais que leurs paroles manquaient au monde et plus je pensais que cette parole manquait aux hommes. Je regardai les quelques pères qui étaient assis, je regardai leurs yeux et constatai leur émouvante posture. Ils faisaient communauté, étaient parfaitement là, incroyablement là, ils se tenaient au bord, dans un inatteignable qu'ils respectaient comme tel. Être enceinte était une chose, être désormais pleine de ces récits en était une autre, me disais-je en quittant la maternité.

Je pensais à tante M., dont la carrière fut entièrement consacrée à accompagner les femmes pendant leur accouchement. Je pensais à la semaine passée près d'elle à la maternité de l'hôpital Lariboisière. Je me souvenais là, dans le tourbillon calme des paroles de l'atelier, que je m'y étais sentie à l'époque, déjà, au cœur du volcan.

# UN FIL AU-DESSOUS,
# UN FIL AU-DESSUS

Du temps était passé depuis ma rencontre avec la Vierge au carrefour des chemins. Le visage de Suzanne changeait, nos comptines aussi et comment nous assemblions des souvenirs. Du temps était passé qui me voyait broder un nouveau motif de femme. Toutes les images entraient dans le livre, guidaient ma main, traçaient le visage et le corps. Des images mêlées de couturières au travail que les cartes postales du XX$^{e}$ siècle reproduisaient rêveuses, la tête sur le coude et la chevelure en dégringolade rousse. Des femmes en grappes, qui courent dans la rue, *bavardes* on disait, après le travail, les mains piquées, le jupon lourd. Des femmes en grappes, encore, le jupon lourd, toujours, dans les allées d'un hôtel-Dieu, sœurs des pauvres et de l'idée qu'elles se faisaient de Dieu. Avec leurs corps mêlés, je composais une image à garder pour moi. Tisseuses, dans l'obscurité de la pièce, les gestes répétés et la nuque courbe, elles étaient plus que des sœurs, nous partagions une chanson et, cette chanson, il me semblait pouvoir la partager avec mes aïeules. « Madeleine était une laborieuse, avait dit tante M. Elle travaillait en permanence. Mes parents étaient des gens du devoir accompli. On bosse, on bosse, on bosse, comme des damnés, mais on est heureux comme ça. »

Le travail, le travail, le travail, jusqu'à celle qui accouche, accroupie et hurlante, le travail, le travail, dans le petit jour de l'hiver sans penser à la honte, en pensant à la vie, à la mort, dans la même force qui l'avait peut-être fait jouir une année auparavant.

Toutes ces figures de femmes que je rencontrais depuis des mois écrivaient un nouveau prénom pour moi, et Marie, et Madeleine, et l'inconnue des rues du 18e arrondissement qui sort acheter du lait dans le soir, salue un camarade, chantonne malgré la fatigue et retrouve son petit éveillé au retour, les cheveux du même noir que la suie qui recouvre les murs. Je me métamorphosais secrètement en plantant mes yeux dans les leurs, mes pas dans leurs courses, mon esprit dans leurs histoires.

Dans le village de Lavannes dont était originaire Marie-Julie, la mère d'Ernestine, ses frères et leurs parents, on comptait deux cents métiers à tisser en 1838 pour une population de huit cents habitants. Le nombre n'avait pas bougé jusqu'en 1870. Il est fort probable que Marie-Julie et sa famille aient exercé le tissage dans leur propre maison, à l'étage bas, en même temps qu'ils cultivaient les terres autour. Fort probable aussi qu'ils aient principalement tissé à la mauvaise saison, ou de cinq heures à minuit après les travaux des champs. Des journées de dix-huit heures de labeur, harassantes, durant lesquelles on surveillait du coin de l'œil le petit oiseau dans sa cage : s'il vacillait, s'il venait à mourir, on comprenait que la concentration de monoxyde de carbone était trop élevée et que la vie des travailleurs était en danger. En 1900, dans le même petit village de Lavannes, on ne comptait plus que trois métiers à tisser.

C'est l'historienne Nicole Pellegrin qui m'avait mise sur la piste de ces données. Évoquant la première des filles-mères, Marie-Julie, j'avais dit avoir craint un viol. Elle avait eu le réflexe de demander si cette femme était ouvrière à l'usine ou si elle appartenait à une famille de tisseurs disposant de leur propre métier. Je ne sus pas lui répondre sur le moment et ne sais plus comment elle avait argumenté sa question. Était-il plus plausible qu'une telle agression arrive en ville avec des camarades ouvriers ? Marie-Julie avait probablement connu les deux situations de travail : dans l'environnement familial, puis à la fabrique de Reims. Si la maison des Muller avait, comme la très grande majorité des maisons du village de Lavannes, vu disparaître son métier à tisser, elle avait dû aller travailler en ville, avec ses frères, tous mentionnés tisseurs à l'état civil. Peut-être même avaient-ils tous quitté le village pour s'installer en bordure de ville. N'avais-je pas trouvé trace d'une famille Muller, à cette époque, dans le village de la Neuvillette, désormais raccroché à Reims ? La vie de Reims et de ses environs était régie par celle de l'industrie textile, c'était alors l'une des plus importantes du pays. Mais, à partir de 1880, soit deux ans avant la naissance d'Ernestine, débutèrent de grandes et longues grèves.

« Monsieur le Préfet, écrivit-on en février 1881, dans l'arrondissement de Reims, les ouvriers lainiers de toutes sortes ont été en grève depuis le 16 avril 1880 jusqu'au 20 mai 1881. Ils demandaient une augmentation de salaire et une réduction à dix heures de leur journée de travail. Une réduction d'une demi-heure a été consentie mais tous les ateliers n'en ont pas profité. »

Les archives décrivaient de véritables vies de misère, femmes et enfants travaillaient dur, l'agitation sociale et les arrestations policières ajoutaient à la rudesse. Il n'était pas rare que des ouvrières se prostituent. Il était même fréquent de « faire son quart de journée » à la sortie de l'usine. De vingt mille ouvriers, on passa en quelques décennies à cinq cents. Cette transformation brutale des formes d'existence serait tragiquement aggravée par la destruction de Reims pendant la Première Guerre mondiale. « Nous marchons dans une ville retournée par le volcan », écrirait Albert Londres dans un incroyable reportage de 1914 pour le journal *Le Matin*, au lendemain des bombardements de septembre.

C'était au milieu de tout cela donc, que Marie-Julie avait donné naissance à Ernestine en 1882 à l'hôtel-Dieu. Au milieu de tout cela qu'elle s'était mariée en 1889 avec

André Gustave Tabouis à Reims. Sa mère était déjà morte. Au milieu de cette agitation, mais avant les bombes, qu'ils avaient quitté la ville, puisqu'on les retrouvait ensuite, à Paris, rue Custine, Marie-Julie y mourant en 1908, Ernestine accouchant en 1909 de sa petite fille Madeleine à la maternité du Port-Royal, Tabouis y mourant en 1918 rue Poulet, dans ce petit mouchoir de virages du 18e arrondissement, qui comprendrait bientôt la rue Hermel, atelier de couture d'Ernestine, ou la rue Hermite, logis sombre et exigu qu'avait connu tante F. Le quartier comptait aussi, c'était une joyeuse anecdote, une rue Muller.

Je mettais mes pas dans leurs histoires. Je brodais pour combler les trous qu'il manquait. J'inventais s'il fallait. Le travail devenait le tissage. Le tissage, le travail par excellence. Le grand travail de vivre et de penser, celui d'aimer aussi, je savais lui donner enfin une forme. Je savais lui donner un rythme, je pouvais enfin le décrire. Deux fils de vie, l'un fixe et répétitif, l'autre libre et inventeur. Tout était là, et c'était écrit sur l'acte de naissance de Marie-Julie Muller, la première des filles-mères. La mention de ce métier de *tisseuse* me donnait le droit de faire avec mes plus profondes intuitions. La conviction que le bâtiment est un ouvrage cousu, que le texte est un ouvrage cousu, que nos existences sont des ouvrages cousus, perpétuellement décousus et recousus encore, que nos rêves sont aussi ces tissus, ainsi que notre existence. Je savais cela et je venais de faire un grand détour par le XIX^e^ siècle pour prendre ma place dans le peuple secret des tisserandes.

Elle était peut-être là, mon *ultime naissance*, près de la Vierge qui brûle au soleil et tisse dans le noir. Près de Pénélope qui fait semblant d'attendre. Près des tisseuses de toutes les contrées, les rêveuses acharnées au métier, secrètes, tandis qu'elles font passer un fil au-dessus, un fil au-dessous, parfois en chantant.

J'atterrissais enfin quelque part.

Dans les langues anciennes, le mot *fil* rejoignait le mot *destin*, qui rejoignait le mot *vie*, qui rejoignait le mot *vêtement*, qui rejoignait le mot *maison*, qui rejoignait *le jardin des pensées*, qui rejoignait, et sans aucun détour, celui désignant le *giron maternel.*

Il y avait là un vêtement qui me tombait parfaitement sur le corps. Tisser, penser, donner naissance.

*

J'avais quitté le petit bureau de campagne et laissé les araignées à leurs immenses toiles. Je n'avais pas encore rouvert le carnet, ne m'étais plus replongée depuis un moment dans les archives et les registres. Je ne savais plus quelles étaient les questions restées sans réponse et je souriais de cela. Restait-il au fond quelque chose à savoir ? Je tricotais désormais dans un autre mouvement. Pendant des semaines, on m'avait croisée aiguille dans les mains ou dans le sac à dos, que faisais-je donc d'autre que mon étoffe pour les mortes et les vivantes ?

Dans nos premières conversations, c'est tante F. qui avait intuitivement parlé de la chemise de nuit blanche dans laquelle Madeleine avait demandé à être enterrée. Pendant longtemps, les défuntes étaient enterrées dans leur habit de mariée, les hommes, tout le monde, assouvissant, rassuré, le fantasme que leur mère, leur sœur, leur épouse, fussent demeurées comme au jour de la première union. Vierges en somme. Sages.

Madeleine était remontée au-delà, elle n'avait pas choisi la robe de mariée, elle avait exigé la robe de nuit de la jeune fille. Celle qui n'est pas encore fille-mère, celle qui n'a rien approché de la sexualité, celle enfin rendue – mais morte – à l'intouchée que nous ne sommes jamais. Celle qui croit porter la promesse de sa propre renaissance. *Noli me tangere.*

Avec le tissu, je trouvais l'unité que j'avais longtemps espérée dans le langage, l'envers, l'endroit, le haut, le bas, la lumière et les ténèbres, le motif et son secret. En plus silencieux et plus cosmique. Je pouvais désormais naître pudiquement, décidant à ma guise de me cacher ou de me dévoiler. Elles avaient cousu pour moi, des années durant, Marie-Julie, Ernestine, Madeleine, et jusqu'à tante F., un textile tout plein de leur intimité. Une étoffe à la trame riche et contradictoire.

Un soir en rentrant chez moi, je trouvai un petit paquet sur la table de la cuisine que j'ouvris. Il y avait six masques en textile coloré, parfaitement fabriqués, aux extrémités élastiques et aux plis tout à fait élégants. Ils étaient l'ouvrage de tante F. et il y en avait deux pour chacun d'entre nous.

Je lui téléphonai pour la remercier, nous

parlâmes de l'amie qu'elle venait de perdre, l'amie d'une vie entière, et « ce n'est pas rien quand on a quatre-vingt-cinq ans. De toute façon, en ce moment, je suis entourée par les morts…

— Moi aussi », lui répondis-je dans ma tête avant de raccrocher, et je lui promis de venir les jours suivants.

*

Tante F. dormait au salon, le petit cahier de mots croisés échoué sur le torse. Suzanne dormait près de moi dans la chambre. Je l'entendis soudain prononcer une phrase depuis son profond sommeil : « Moi aussi, j'ai pas peur. » Quel rêve la faisait parler ainsi ? Les mots bout à bout me donnaient l'impression d'avancer et reculer en même temps, je m'étais penchée sur le lit et plus rien ne bougeait. Suzanne avait prononcé une phrase totalement croisée, comme les mots que tante F. mettait dans des cases chaque jour à cette heure-là. Une phrase au paradoxe indémaillable. Je ne savais pas s'il fallait y entendre « moi aussi, j'ai peur » ou « moi non plus, je n'ai pas peur », ou s'il fallait se tenir à ce qui avait été réellement prononcé : « Moi aussi, j'ai pas peur. »

Tante F. n'avait posé aucune question sur l'avancée de mes recherches, je ne lui en avais donné aucune nouvelle, rien ne faisait signe vers cette entreprise et je demeurais dans mon secret : j'écrivais un livre. Au tournant d'une conversation, nous échangeâmes sur ce qu'il convient de savoir ou non sur les morts une fois qu'ils sont morts. Elle venait de perdre sa plus chère amie. Selon elle, on n'était pas autorisé à lire les journaux intimes des morts, ni autorisé à statuer sur leur bonheur ou leur malheur passé. Les morts étaient morts. Il fallait les laisser, avec leur mystère, partir vers le rien. Je décidai que tante F. me disait quelque chose. Elle ne me dictait aucune règle, elle me disait simplement quelque chose de la cruauté qu'il y a à vouloir savoir à tout prix, vouloir faire le clair. Pour la première fois depuis que je venais chez elle seule, c'est-à-dire depuis ma plus tendre enfance, il ne fut presque question que du présent, et du futur proche, qui se superposaient. Ce que l'on allait manger, ce que l'on mangeait, la promenade que l'on allait faire, la promenade que l'on faisait. L'amie qu'elle venait d'enterrer, les mots qu'elle avait prononcés dans l'église. Son testament. Sa maison. Le jardin qu'il fallait arroser. Les framboises que l'on pouvait ramasser. Suzanne qui alignait les *pourquoi.* La vaisselle que l'on *mettait en petit* pour profiter du café. Il n'était question que de cela et c'était bien.

Suzanne avait passé la journée de la veille à dire aux enfants de la crèche qu'elle allait rendre visite à tante F., qu'elle n'appelait pas comme ça, moi non plus d'ailleurs. On lui avait demandé qui c'était. Elle avait répondu que c'était « une amie ». J'avais souri à l'idée que Suzanne ait une amie de plus de quatre-vingts ans son aînée. Lorsque tante F. lui posait de nouveau la question : « Alors moi, je suis qui dans la famille ? », Suzanne renouvelait sa réponse à l'identique, elle était « une amie ». C'était l'évidence de cette petite fille. Mais, pour moi, question et réponse sonnaient étrangement autres. Je réalisais avec une immense émotion que je ne me l'étais jamais posée, la question de sa place dans la famille, au sens de sa légitimité. Je ne m'étais jamais posé la question de la différence de filiation, son père soi-disant inconnu, sa reconnaissance par mon grand-père n'avaient jamais changé quoi que ce soit pour moi. Je le réalisais à la faveur des mots de Suzanne. Non seulement elle était la sœur pleine et entière de ma mère, mais elle était mon aînée la plus précieuse, elle était la grand-mère que je n'avais pas vraiment eue, et donc complètement eue grâce à elle. Elle n'était rien à la place de qui que ce soit, elle était cette femme dans ma vie qui m'avait toujours reliée avec l'avant, c'est-à-dire avec une lignée d'autres femmes qui avaient porté beaucoup de noms au hasard de leur reconnaissance par les pères, et qui avaient toutes porté le nom Muller. Tante F. était la dernière des Muller. C'est ainsi que la vie avait été faite. Je portais un tout autre nom, moi, une autre histoire, mais maintenant je connaissais mieux celle-ci.

*

Je repensais au rêve de la banquise. Suzanne était tout fraîchement née. J'étais devant une maison d'enfance, le sol recouvert de glace était percé d'un trou de pêche. Je regardais, immobile, tante F. disparaître dans l'eau. Il était dur, ce rêve, il avait été une aiguille dans mon pied pendant plusieurs semaines, et voilà qu'il revenait, trois ans avaient passé.

Ce n'était pas tante F. que je laissais se noyer, c'était la vie des filles-mères, ma puissante et paradoxale attirance pour cette vie-là que je laissais s'en aller. Moi je fondais une famille et faisais tant bien que mal un peu de place dans ma vie pour qu'un homme puisse y vivre en amour.

Ma mère avait eu sa manière de rompre, cela n'avait pas été – je crois – sans douleur. J'avais eu ma manière de rompre. Tante F. avait eu la sienne. Ernestine, Madeleine, tante M… Tout le monde avait eu sa manière de rompre. Ce drôle de rêve rappelait que si chacune était liée, chacune était unique, chacune avait sa manière de prononcer la phrase étrange qui tout à l'heure habitait le sommeil de Suzanne : « Moi aussi, j'ai pas peur. »

*

Sur le chemin du retour, je conduisais en ravalant quelques larmes. Je réalisais que j'avais passé beaucoup de temps à me préparer à perdre tante F. Du plus loin que je m'en souvienne, même quand elle me refaisait les menus du jour pour la septième fois, même quand elle ronflait, empêchant tout sommeil, j'avais toujours été près d'elle comme on chérit les heures que l'on sait rares. Juste avant que l'on parte, elle avait décroché de son mur une photo. Elle y était allongée dans l'herbe, les yeux clos et le sourire aux lèvres, les cheveux bouclés, blond cuivré, endormie. J'étais sur son ventre, petit animal totalement abandonné et confiant, les yeux grands ouverts, un an peut-être et, toujours toute proche, la chienne rousse et belle qu'elle avait à l'époque. « Elle est incroyable, cette photo, non ? » répétait-elle en la tendant à Suzanne qui la regardait à peine. Je savais qu'elle me la montrait un peu à moi. Nous la regardions presque à chaque fois que je venais.

Je savais aussi qu'il me serait impossible de décrire exactement ce qui s'était tissé, si tôt et si singulièrement, entre cette femme et moi.

*

C'était un tableau courbe. Des champs qui entraient par les côtés, du bitume qu'avalait le pare-brise, du ciel, du ciel, du ciel. Quelque chose de nouveau était arrivé dans ma vie : je pouvais limiter ma vitesse. Je la réglai tout le trajet à l'aide d'une molette agréable au doigt et me réjouis de ce confort mental. On bordait mon élan. Quand c'était 90, c'était 90, quand c'était 80, je restais à 80, 110, 130, rétrécissement de la chaussée, péage, bretelle, j'étais toujours à la bonne vitesse et rêvais de fabriquer une molette identique pour les émotions. De surcroît, je constatais que je ne mourais pas. Suzanne percevait-elle l'idée morbide qui me traversait à chaque fois que je partais seule pour quelques heures de route et m'imaginais l'étreindre pour la dernière fois ? J'espérais que non et buvais de l'eau fraîche pour me tenir éveillée. J'étais seule sur l'autoroute vers Reims. Il était tôt. J'avais très peu dormi, toute cette journée serait teintée de la brume qui enveloppait mon esprit. Je me garai juste à l'entrée de l'abbaye. Je découvris la cour pavée, le premier escalier. « Je suis là, téléphonai-je. — Prenez la petite porte de service sur la gauche. »

Une femme blonde, souriante, affable, m'accueillit et me mena sans questions ni manières dans l'arrière-salle d'une bibliothèque où d'autres femmes étaient déjà à leur poste. La fatigue me rendait assoiffée. La femme me tendit une paire de gants bleus, désigna un placard on ne peut plus banal : « Elles sont là. »

Elle avait rassemblé plusieurs tables. Elle sortit une première courtepointe, les tables ne suffisaient pas à l'accueillir dans toute sa longueur, on entreprit de récupérer une autre table encore, je l'aidai à déplier le tissu, des boudins de papier de soie protégeaient chacun des plis. Légère accélération de mon rythme cardiaque. La femme semblait plus curieuse de mon enthousiasme que des courtepointes elles-mêmes. Je lui racontai le chemin qui m'avait menée là : l'accouchement de Marie-Julie à l'hôtel-Dieu, le rapport de 1882 par Charles Givelet, le motif de la Vierge qui résonnait avec le reste de l'histoire, et ma passion ancienne pour les tissus, surtout quand ils sont lourds, bruts et brodés avec la plus grande simplicité. J'étais avec mon trésor, dans une salle qui ressemblait à une salle de professeurs dans un lycée de banlieue. Elle me laissa bientôt seule, sans plus de conseils que le soin à apporter aux plis. Je pensai à Suzanne et au soin qu'elle mettait à ranger les tissus selon des formes géométriques précises. « C'est un peu votre message qui nous a fait redécouvrir les courtepointes. J'en avais vaguement entendu parler, mais c'est tout. Je n'ai aucun dossier d'œuvre à vous communiquer, rien d'écrit à leur sujet. » J'entendais la voix d'Astrid. La première chercheuse que j'avais contactée et qui avait de loin suivi toutes mes pérégrinations pour arriver jusqu'à Reims. « Marie, déjà, les textiles, ça n'intéresse pas grand monde, alors il est possible que tu ne puisses rien lire de plus sur ces courtepointes. » Je n'avais rien lu de plus. C'est aussi le constat qu'avait fait Louis Demaison dans son étude comparée de la fin du XIXe siècle :

> *Depuis la découverte des toiles brodées si intéressantes de l'hôtel-Dieu de Reims, j'ai cherché à connaître leur origine et le lieu de leur fabrication. J'ai consulté les ouvrages les plus autorisés et les plus complets pour avoir des renseignements sur ce genre de travail, et j'ai voulu savoir si nous avions affaire à des spécimens uniques, ou s'il en existe d'analogues dans les collections publiques ou privées. Ces recherches, je dois le dire, ont eu d'abord peu de succès. Les archives de l'hôtel-Dieu ne m'ont fourni aucun document sur cette matière ; je n'y ai pas trouvé la moindre pièce qui fît mention des toiles brodées et pût m'éclairer sur leur provenance.*

Je dépliai une à une les grandes surfaces de tissu. Je dictai à mon téléphone des notes que je voyais s'écrire par magie dans le carnet virtuel et qui correspondaient, en moins précis, à ce que Charles Givelet avait relevé cent quarante ans plus tôt. Je renseignais les motifs, décrivais à voix haute les broderies à l'endroit, l'envers de celles-ci, l'impression d'épi de blé en pagaille lorsque l'on retournait l'ouvrage. Je n'y connaissais rien, je parlais de coton lourd, peut-être de lin, d'un fil bleu extrêmement bien conservé et dont la couleur devenait parfois plus pâle. Certaines courtepointes étaient brodées selon un découpage géométrique, chaque case accueillant un motif floral ou un motif animal, une scène de travaux des champs. D'autres courtepointes étaient brodées comme de grands tableaux, en une seule pièce, ou en triptyque, où se dévoilaient des scènes religieuses.

Je comparai de mémoire les toiles que j'avais sous les yeux et les relevés noir et blanc que Givelet avait joints à son rapport. Manifestement, toutes les toiles n'étaient pas devant moi. Mais la première que je dépliai était celle décrite comme la plus ancienne, datant du

XIII$^{e}$ siècle, uniquement composée de losanges qui renfermaient des figures d'animaux, aigles, poissons, d'autres que je ne savais pas nommer. Je souris devant une sirène à deux queues et retins longtemps le dessin naïf et drôle d'un homme gargouille représenté sans bras et au sexe démesuré. J'avais beaucoup de mal à imaginer que la toile que je manipulais avec la plus grande attention ait été brodée huit cents ans plus tôt. Givelet le remarquait à sa manière :

> *Dans cette première toile seulement, tous les fonds, en dehors des sujets brodés, sont piqués de petits points en fil blanc qui, en rapprochant les deux toiles superposées, donnent à la mante une solidité qui lui a permis, après six siècles de service, d'arriver jusqu'à nous sans trop de détérioration.*

Je remarquai que les broderies de toutes les toiles que je dépliai ensuite étaient plus fines, plus élaborées, plus précises, bien que réalisées selon ce qui me semblait être une même technique. Je ne trouvai pas devant moi la courtepointe consacrée à l'Annonciation décrite dans le rapport qui la datait de la fin du XVI^e siècle et crus voir, dans une figure d'évêque, l'évocation de saint Augustin, patron de l'ordre des chanoinesses qui servaient l'hôtel-Dieu. J'étais un peu déçue. Je scrutais, depuis des semaines, des reproductions de tableaux figurant l'Annonciation, à la recherche des visages que réservait Marie à l'ange. Tantôt elle m'apparaissait surprise par lui, dérangée dans son logis. Parfois béate. Parfois enfant, presque, parfois la sagesse d'une vieille dame. Je lui trouvais l'air boudeur et plus tard l'air béni. Je ne pouvais la fixer dans une image unique. Ni décider une fois pour toutes de son accueil de l'Annonce. J'aurais voulu voir de près l'expression qu'on lui avait brodée sur la fameuse courtepointe rémoise.

Son visage apparut dans le tissu que je dépliai ensuite. C'était encore un très grand ouvrage, deux mètres sur deux mètres environ. Un immense médaillon y occupait le centre. On l'y montrait allongée dans des replis de multiples couvertures, le visage calme, auréolé, sans marque de vieillesse ni de souffrance, prête à être bénie par une main qui se lève. Elle y était entourée de Pierre et Jean et d'autres que je ne reconnaissais pas. Le reste du tableau était incroyablement fleuri et végétal, je dictai le mot « jungle » à mon téléphone et entendis presque sourire mes voisines de bibliothèque. Je repensai à la nuque courbée de Marie-Madeleine au quasi premier plan du tableau que le Caravage peignit sur ce thème et qui fit tant scandale. Pas de Madeleine sur la courtepointe, les anges en revanche qui entouraient le médaillon étaient plus grands que tous les autres corps représentés. C'est un autre visage de femme qui couronnait l'ensemble, et qui me paraissait très commun. Une sorte de passante, de témoin.

L'ouvrage que je dépliai ensuite était rapiécé et le fil très délavé. Il fallait augmenter les contrastes mentalement pour que les contours se dessinent, mais je ne parvenais pas à lire l'inscription. Je retournai le tissu et relevai une à une les lettres à l'envers, « l a v i s. I te a Iono ». Je dis tout haut « la visite à Ionno… Ah ! La visitation ! ». Ma très mauvaise connaissance des Évangiles rendait ma lecture cocasse, mais je n'en étais pas moins émue. La scène de la Visitation n'était pas mentionnée dans le rapport de 1882. Givelet parlait de la mort de la Vierge, de l'Assomption, de plusieurs courtepointes à la composition géométrique. Il parlait enfin de l'apparition du Christ aux saintes femmes.

Je ne verrais pas cette courtepointe dont la gravure m'avait fait rêver et sur laquelle les Marie étaient réunies. Où étaient passées les autres courtepointes découvertes et commentées par Givelet ? Est-ce que cette exposition de 1895, dernière mention que l'on faisait d'elles à ma connaissance, les avait éparpillées ?

Les courtepointes étaient plutôt propres, l'une d'entre elles seulement gardait des taches de liquide. Avait-elle pu servir de nappe ? Personne ne pouvait rien me dire de plus sur elles. Lorsque je rencontrerais Nicole Pellegrin un an plus tard, elle ferait plusieurs hypothèses dont celle de tentures accrochées aux fenêtres lors des processions de la Fête-Dieu et qui, le reste de l'année, avaient pu, un temps, servir à recouvrir certains lits. Mais Nicole, comme chacune des femmes à qui je m'adressais, dirait : « Il faudrait voir et toucher, sans cela difficile de parler. » Elle ferait aussi l'hypothèse que ce travail fût celui de maîtres brodeurs, ou encore qu'une femme issue d'une famille de brodeurs entrât à l'époque chez les sœurs et transmît son savoir.

Je repensai à Louis Demaison, très intrigué par la découverte et qui, ne trouvant aucune mention d'aucune autre toile de la sorte en France, se demandait si elles n'étaient pas les œuvres d'artistes flamands ou allemands plutôt que rémois, tout en concluant :

> *Je ne vois pas cependant jusqu'ici de motifs sérieux pour appuyer cette supposition, et en attendant de plus amples informations, on doit considérer ces toiles comme des spécimens d'un art national, d'autant plus précieux qu'ils sont plus rares.*

Si une lumière plus exacte devait se faire un jour sur les courtepointes, ce serait plus tard. Pour l'instant, et alors que je les rangeais une à une dans leur placard, elles conservaient leur secret.

*

Je réclamai à ma voisine de bibliothèque un lavabo où me désaltérer, elle m'offrit un petit gobelet et me désigna une porte en bois. J'atterris dans une sorte de réserve, le plancher craquait sous mes pieds, une fenêtre arrondie et poussiéreuse donnait sur les arcades et le cloître verdoyant, c'était très beau et très calme. Je bus goulûment et remarquai en levant la tête une immense mosaïque au mur du fond dont je ne parvenais pas à lire le motif, comme si, d'un coup, tout se dérobait à mon regard, à mon déchiffrement.

À mon retour, je trouvai posé sur la table un petit livre de 1927. Il s'agissait d'une histoire des sœurs augustines de l'hôtel-Dieu de Reims. Je n'avais pas encore rencontré cet ouvrage, mais connaissais un peu de l'histoire. Le texte se terminait en évoquant l'exil des sœurs en Belgique, puis leur retour en ville. On y faisait évidemment mention de la période révolutionnaire, des « radicaux » qui voulaient absolument et à toute vitesse laïciser le lieu, de la naissance de l'hôpital civil et de l'attachement de la population rémoise à la communauté des sœurs, tout entière dévouée aux pauvres et aux malades. J'y retrouvai ces règlements intérieurs à tirets que j'aimais tant.

J'aimais aussi, à la fin du livre, la liste des noms des sœurs dont on avait, grâce aux registres d'ordination, gardé trace depuis 1600. Je cherchai la période 1615-1625, moment supposé où la plupart des courtepointes avaient été brodées. Il y avait peut-être parmi Pérette Fetizon, Nicole Chastelain, Jeanne Pusot, Simonne de la Salle, Apolline Rainssant, Jeanne Troya, Marie Rousselet, Rose Philippoteaux, Élisabeth Rogier, Marguerite Coquebert, Marie Franquefort, Barbe de Genest, Nicole de la Croix, Jeanne Legros, Nicole Pescheur, Jeanne Fetizon (la sœur de Pérette ?), Poncette Martin, Étiennette Tauxier et Nicole Gillotin les fameuses *artistes que l'histoire avait laissées sans nom* et que le rapporteur, découvrant les ouvrages en 1882, regrettait de ne pas connaître.

Un autre tableau dans le livre mentionnait quatre sœurs, présentes en 1882, année de naissance de la petite Ernestine : Maria-Joséphine, Ambroisine-Eugénie, Constance et Catherine. Quatre sœurs dont je ne relevai que les prénoms, car c'est cela que j'avais gardé des femmes présentes lors de la naissance de Suzanne : les prénoms, donnés les yeux dans les yeux, auxquels on s'accroche dans la nuit comme on s'accroche au drap noué à la rambarde du lit, comme on s'accroche aux mains des unes et des autres, comme on s'accroche au bip du monitoring, Inès et Pakisa en l'occurrence, sages-femmes de garde cette nuit-là.

Le livre aux pages jaunies détaillait la tenue des sœurs, la laine lourde de leurs robes, le voile noir qui recouvrait leur tête, le bandeau de toile blanche non empesée sur leur front, l'autre voile noir d'étamine, les bas de coton blanc. Tant de tissus.

Le livre aux pages jaunies parlait aussi du « tribut d'amour » que les sœurs offraient chaque jour dans leur récitation à la Très Sainte Vierge. On y lisait :

> *Cet hôtel-Dieu étant une maison de la miséricorde, la charité qui n'a pas de borne et qui ne fait exception de personne, doit être exercée envers toutes sortes de personnes malades qui sont dans la nécessité, de quelque nation, païs, sexe, condition et religion que ce soient. Il suffit au malade, à l'infirme, à la veuve sans ressource, à la femme enceinte, à l'ouvrier sans travail et sans pain, de frapper à sa porte pour voir cette porte s'ouvrir devant lui. L'infortuné que le malheur pousse dans cet asile, où la charité veille sans cesse, est sûr de trouver un généreux accueil.*

Je photographiai ce passage et le relus quelques jours plus tard avec le même sentiment d'envie. Je croyais trouver là, malgré le nombre conséquent de contraintes, les entraves à la liberté de circuler, à la liberté sexuelle et à celle d'aimer, je croyais trouver là un idéal d'accueil inconditionnel dans lequel vivre et travailler. J'enviais le confort absolu que ce soit écrit quelque part, que cela soit la règle. Qu'en était-il de ce jour de décembre 1882 où Marie-Julie, enceinte, probablement très pauvre, poussa la porte de cet hôtel-Dieu et monta les escaliers pour se présenter comme parturiente ? Lui réserva-t-on cet inconditionnel accueil ou lui tint-on, tout en la couchant dans un des lits, le langage de la faute ?

Je me levai de mon siège et rendis le livre en annonçant mon départ. « Vous viendrez bien jeter un œil dans les espaces du musée ? Vous savez, nous allons bientôt consacrer une exposition à l'histoire du lieu, alors votre visite tombe à pic ! Même pour nous qui travaillons ici, c'est quand même intéressant de savoir ! »

Nous entrâmes dans la salle de la Préhistoire, vaste salle aux murs jaunes, aux fenêtres régulières et plein-cintre. Je regardai à peine le contenu des vitrines, je considérai cet espace si long, si haut de plafond, ces fenêtres si grandes, le jardin jouxtant la basilique Saint-Remi, les arbres bruissant au petit vent, j'étais épuisée de fatigue, mais quelque chose sautillait en moi. La dame du musée, d'un coup : « Justement, je parlais de votre venue ce matin à une collègue ! Elle était gardienne de salle pendant des années. Un monsieur venait très souvent et lui disait toujours : "Je suis né ici ! Je suis né en salle de la Préhistoire !" C'est drôle, elle se souvenait de ça ce matin. Ça fait longtemps qu'elle ne l'a pas vu. Il est peut-être mort maintenant, mais en tout cas, s'il disait vrai, on est dans la salle des naissances ! »

Avec cette anecdote, les dames du musée faisaient désormais partie de l'aventure. Je quittai la cour de l'ancien hôtel-Dieu en regardant la porte, puis de nouveau la cour, les escaliers. À quoi ressemblait tout cela un soir de décembre 1882 ? On avait bien souvenir de quelques photos, désormais introuvables, sur lesquelles apercevoir les grandes salles découpées en box, rideaux entre les lits et sœurs s'activant dans les travées, mais des silhouettes des indigents venant se faire soigner ici ? Non, vraiment rien… À quoi ressemblait le visage de Marie-Julie Muller ? De qui était cette petite fille à qui elle donnait naissance ? Y avait-il quelque chose de commun entre ses mains de tisseuse et les mains des sœurs qui avaient brodé la Vierge en bleu sur du coton lourd ? Quel langage lui avait-on tenu ? Celui de la miséricorde ou celui de la honte ? Où allais-je pouvoir déjeuner en ville avant que mon corps ne déclare forfait ?

*

Sur mon chemin, je téléphonai à Rachel et lui racontai brièvement mes trouvailles, le détail des broderies et mon émerveillement. À marcher au hasard, je trouvai une table parfaite, minuscule, dans une rue déserte, rendez-vous des amies et celui de deux amants. Rassasiée et remontant la ville, je passai devant la basilique Saint-Remi et y entrai. On y chantait, j'en étais certaine. Je cherchai les silhouettes d'où pouvait sortir ce bouquet de voix si justes, parfaitement tendues vers le ciel. Je marchai dans les allées vides et sombres de la basilique. J'étais seule et l'essaim de la chorale invisible me suivait partout. Ces fantômes allégeaient mon pas, j'allais de chapelle en chapelle, elles étaient barrées de rangées de chaises. Dans l'une d'entre elles, absolument vide, une plante verte trônait, baignée de la lumière des vitraux et du même chant dans lequel je nageais. La nef était remplie de chaises et vide d'humains, une drôle de pièce de théâtre. L'orgue demeurait impassible, et impassible aussi le visage d'une statue de Madeleine, dont les joues étaient recouvertes de larmes de pierre, des joues plus rondes que celles des autres, ses hanches aussi, et ses seins. La pierre faisait que ses larmes jamais ne coulaient et jamais ne cessaient, elle pleurait infiniment comme cette statue du Louvre, les mains levées au ciel, mais coupées dans leur élan d'imploration. Je me demandai comment dégeler ces chagrins-là et si pleureuse aurait été pour moi un métier envisageable ? Je remarquai les haut-parleurs très fins, comme fondus dans les colonnes, juste des bourrelets. Aux balcons de l'église : personne. C'était donc juste un disque. Personne n'était venu chanter et pourtant je savais que des spectres, dont je ne connaissais ni l'apparence ni le nom, chantaient à mon oreille. D'aucuns tisseurs, tisseuses, les autres serruriers, menuisiers, d'autres sœurs de l'abbaye, je savais qu'ils me faisaient signe avant que je ne reprenne la route et ne referme cette journée comme un songe.

Une Vierge était éclairée par deux cierges, elle portait à son bras un bouquet de roses. Je n'avais jamais vu une telle représentation. Elle semblait revenir du marché et tenir là des dizaines de fleurs dans un papier épais. Ce n'était pas reporté dans les documents de l'état civil, mais Ernestine avait vendu des fleurs à Paris, en complément ou avant d'exercer son métier de couturière en atelier.

Je retrouvai ma voiture devant la porte de l'ancien hôtel-Dieu, regardai une dernière fois la cour pavée et repensai à l'une des figures animales brodées plusieurs fois dans ce bleu que je connaissais maintenant : une pigeonne penchée au-dessus de trois petits dans un nid.

Je fis la route en luttant contre le sommeil et, le soir, je dus regarder les images de mon téléphone pour être certaine d'avoir fait le voyage.

*

Après la naissance de Suzanne, j'avais très vite pensé que devenir mère me rendait beaucoup plus fragile et beaucoup plus forte, beaucoup plus proche de la vie et beaucoup plus proche de la mort, qu'il me faudrait désormais faire avec cette nouvelle équation. Pendant ces mois de recherches, j'avais appris que tout tissage s'élaborait sur le métier avec un fil de trame et un fil de chaîne, ces deux fils étant opposés. Le premier placé dans la largeur, le second dans la longueur, le tissu n'existant qu'à la condition de leur croisement, celui des contraires. Tandis que le fil de chaîne tendu sur le métier fait office de structure, le fil de trame, lui, va et vient, dessine ses vagues, enroulé sur la navette.

J'étais ces deux fils à la fois, la naissance de Suzanne m'avait offert de le découvrir. Aucun des deux n'était plus créatif que l'autre. Dans les tissus les plus ordinaires, on finissait d'ailleurs par ne plus les distinguer : la trame, la chaîne, la trame, la chaîne, servaient toutes deux à la naissance d'une unité.

Mais une idée ne me quittait pas. Cette autre naissance que je m'offrais tandis que mes lectures et mes rencontres se croisaient, allait-elle contre le désir supposé des femmes de cette lignée à disparaître après leur trépas ? Étais-je au fond si certaine de n'avoir pas dérangé les mortes ? Étais-je au clair avec l'idée de ne pas déranger les vivantes ? Qu'est-ce que je gardais comme secret en ne disant à personne que j'écrivais ce livre ? Parfois il me venait à l'esprit que je faisais exactement tout ce que je détesterais que l'on fasse avec ma propre vie, qu'on la regarde de trop près, que l'on cherche à savoir, qu'on en dilue l'opacité. Peut-être au fond n'y avait-il rien à *savoir*, peut-être n'était-il question que de mouvement. Bouger quelques pierres. Prendre des trains. Faire s'agiter les doigts sur un clavier. Marcher au bras de tante F. La question comme un moteur. Le mouvement comme une joie retrouvée.

Le secret, aussi, était un petit moteur, une jouissance trouble. La question et le secret roulaient en apparence dans un sens opposé, pourtant je découvrais la possibilité d'avancer sur une étrange machine, elle avait besoin de deux énergies contraires – voilement et dévoilement –, exactement comme ces vieilles draisines à bras, n'avançant sur les rails qu'à la force de deux âmes décidées, un corps penché, un corps debout. Le courant alternatif. Le battement de cœur. Le fil de trame et le fil de chaîne.

« Mais attention, c'est trop facile ! » avait dit Nicole Pellegrin un jour que le hasard me menait dans la lumière printanière de son jardin (« On a les hasards qu'on mérite », avait-elle dit aussi). Je lui parlai de mon émotion devant les petites chaussettes rapiécées par les carmélites et exposées par Sheila Hicks. Elle s'était levée d'un bond, m'avait demandé de la suivre et m'avait présenté sa collection de canevas. Elle avait dit : « Regardez, moi aussi je suis bouleversée par cette aiguille qui a chu, par cet alphabet que ma pauvre mère a brodé avant de mourir, par cet ouvrage que ma fille aînée, philosophe, a réalisé pour moi. Par cet autre ouvrage que ma grand-mère a réalisé aux Filles de la sagesse. Et puis je les encadre, et je peux me bâtir une vie entière et un destin d'historienne partant de là. On a toutes, dans notre généalogie, des femmes qui, pour sortir de leur condition crasse, ont cousu, à la fois pour survivre et aussi pour créer du beau. D'ailleurs, il ne faut jamais oublier cette dimension, elles créaient du beau. Vous, en écrivant, vous continuez, petit point par petit point, d'accord, mais un roman, ça permet de tirer le fil qu'on a choisi, on n'est jamais réductible à ça. Vous êtes aussi, nous sommes aussi et surtout une multitude d'autres choses. »

*

Peut-être que je m'étais un peu laissé prendre au piège. Peut-être faisais-je exactement ce que l'on attendait de mon sexe. À mon tour, aperçue, le fil et l'aiguille à la main, je me piquais la chair du bout de l'index, une larme de sang y perlait, cela laissait dans ma bouche un goût de ferraille bien connu. Quelques nuits avant la naissance de Suzanne, un rêve me réveilla en sueur, j'étais un tout jeune cheval sauvage qui se débattait alors qu'on voulait lui passer une longe autour du cou et l'enfermer dans un enclos. Je sentais précisément dans mon corps cette façon de se cabrer, de toutes mes forces, de résister coûte que coûte avant de céder. Dans la nuit, j'avais dit à voix haute : « Je ne veux pas être le petit cheval sauvage que l'on parque », et une main chaude posée sur ma clavicule m'avait promis que je ne le serais pas.

Trois années plus tard, la peur du rêve revenait, plus douce et néanmoins intacte, je ne voulais pas faire comme il fallait. J'étais effrayée à l'idée d'être sage et plus effrayée encore de constater que je l'étais, à ma façon, depuis toujours. À regarder tant et tant d'images de femmes à la quenouille, au fuseau, à la machine à coudre, à y chercher, donc trouver, un tas de familiarité, de filiation avec mes propres gestes, je me plaçais, dans la détermination et le secret d'un livre, au creux du sillon que leurs vies avaient creusé. Mais pour dire quoi ? Qu'en définitive, moi aussi, à ma manière je couds les choses ensemble, précise, toute à mon ouvrage, afin d'éloigner le diable et fuir l'oisiveté ? Pour ne pas être la rêveuse que j'aime pourtant regarder ? Pour être à une place, nette, où l'on pourrait me trouver, immobile et sédentaire ? Pour afficher l'humilité et ne faire peur à personne, et surtout pas aux hommes ? Laissez-les coudre, elles ne seront pas putes, voilà, en résumé, comme on faisait semblant de défendre les femmes dans les pièces de Molière. Et voilà peut-être les deux pôles entre lesquels mes prénoms me faisaient tanguer. Marie, Madeleine.

J'avais cru inventer quelque chose de neuf pour moi en remontant le fil de ces femmes, en suivant la piste des sœurs brodeuses, en remarquant les statues de la Vierge à la croisée des chemins, j'avais cru inventer quelque chose de plus calme pour moi, et d'une certaine manière cela avait fonctionné, mais maintenant j'avais peur d'avoir répondu présente à l'injonction. Sois sage, à ton ouvrage, à ta couture, à ta broderie, ne sois pas trouble, sois précisément là où l'on imagine que tu es. Mon cœur rebondissait à l'envers, je voulais froisser les cartes postales aimées des femmes à la machine à coudre et au métier à tisser. Je voulais être ailleurs, mais où ?

*

Rachel m'avait raconté l'histoire d'une sage-femme qui, ayant exercé ce métier pendant toute sa vie, n'ayant jamais, même enfant, envisagé d'en exercer un autre, ayant toujours eu avec les naissances un lien indéfectible, décida un jour d'arrêter. Pendant une nuit entière, elle parla avec ses amis : qu'allait-elle devenir ? Que serait sa vie sans ces perpétuelles naissances accompagnées, ces nouveaux êtres accueillis, toutes ces femmes, leurs corps, leurs vies, leurs yeux, leurs pleurs ? Quelle pourrait bien être sa place désormais ? La femme était, comme on dit, à la moitié de sa vie, elle pouvait continuer de travailler pendant des années encore, et dans cette longue nuit de discussion, les amis soulignèrent l'infini des possibilités qui s'offraient à elle. Elle les écoutait, mais une partie de son cœur restait en salle de naissance, faisait défiler les nuits et les matins, les heures de travail, les contractions, les mains, les jambes, les draps chauds dépliés sur les mères, une partie de son cœur était avec tout cela, et cette partie, doucement, la quittait. Le brouhaha des discussions l'aida ce soir-là, elle faisait semblant d'y prendre part, d'écouter les reconversions des uns et des autres, elle souriait, elle acquiesçait, elle disait : « Pourquoi pas, c'est vrai, la vie s'imagine toujours autrement, tous les jours autrement », et la partie de son cœur qui demeurait en salle des naissances s'éloignait sans que cela fasse froid, sans que cela soit triste. On la resservait en vin et les corps s'affalaient dans cette maison au milieu d'une nuit de printemps. Bientôt certains amis s'endormirent, à même la table, les bras croisés comme des enfants. Les autres montaient doucement l'escalier pour aller trouver un lit, d'autres encore restaient vaillants, la lumière de trois bougies, les verres remplis d'alcool, on tenait la discussion comme des alpinistes la corde, la femme la tenait aussi, et la partie de son cœur qui restait en salle des naissances devenait de plus en plus lointaine. Elle vacillait maintenant comme les trois flammes des trois bougies, elle suivait des yeux cette lumière, pensait aux étoiles qui brillent encore des années après être mortes, elle regardait deux nouveaux amis sombrer dans le sommeil, et trois autres monter vers les chambres. Bientôt il ne restait plus qu'elle, seule, le dos droit, un léger sourire aux lèvres, assise sur un des bancs de la cuisine, comme elle avait passé certaines heures de garde, assise devant une tasse de café chaud, à reprendre des forces et du souffle avant le prochain bébé. Elle était seule et veillait sur le sommeil des amis endormis, elle avait murmuré pour elle-même, surprise de l'évidence : « Si je ne suis plus sage-femme, alors je serai une femme sage. » Et elle avait continué de sourire comme cela jusqu'au petit matin, sans réveiller personne, elle était partie, vers une vie qu'elle ne soupçonnait pas.

Rachel m'avait raconté cette histoire et je l'aimais beaucoup. J'étais certaine que la sagesse nouvelle de cette femme, sa sagesse choisie, n'était pas une manière de se ranger, au contraire, c'était une façon de vivre sa vie nouvelle au milieu des autres, le dos droit, éveillée quand ils dormaient, et forte de ses intuitions. Madeleine à la veilleuse. Balayant mes doutes, c'est exactement dans cette force que je me replaçai.

*

Les sœurs de l'hôtel-Dieu de Reims, celles qui avaient aidé Marie-Julie à donner naissance à Ernestine, celles qui avaient probablement brodé les courtepointes d'un fil bleu, étaient des augustines.

Dans la préface à la traduction des *Aveux* de saint Augustin, je lus ceci :

*Celui qui avoue est une figure faible et puissante, idiote et savante. Folle et sage.*

*Une telle entreprise mobilise, on le sent bien, un immense effort de construction imaginaire et de croyance. Déplacements, fables, oublis, remords, ajustements… Il n'y a donc pas de soi sans fiction. Ou plus exactement, nous consacrerons la vérité sur nous-mêmes dans un travail de fiction que nous habillerons d'authenticité et de sincérité.*

*Et nous n'en sommes toujours pas revenus aujourd'hui.*

*Ce que nous appelons alors la quête de soi prend l'allure complexe et mystérieuse d'une odyssée, d'une enquête.*

*[...]*
*Pour se dire, il faudra avouer l'autre que nous sommes devenus.*

Qu'avais-je exactement inventé de moi en me mettant à la poursuite des courtepointes rémoises ? Qu'avais-je démêlé de la pelote de ces filles-mères, des secrets qui l'accompagnèrent, des scènes mystérieuses de broderie ? Pas grand-chose au fond. Pas grand-chose de mis au jour. Très difficile, par exemple, de me figurer ces heures du début du XVIIe siècle, dans quelle salle, à quelle lumière, avec quelle formation, dans quelle position ces lés de coton épais étaient d'abord cousus ensemble puis brodés selon une composition que toutes celles à qui j'en avais montré les photos reconnaîtraient comme belle, originale, émouvante ? Qui étaient ces femmes ? Étaient-elles seulement, ces broderies, l'œuvre de femmes ? Nicole avait émis un doute à ce propos. Dans quelle douleur, dans quelle hâte, une femme donna naissance à une petite fille, aidée par des sœurs soignantes, qui certainement dans leurs prières du soir devaient se désoler de voir le résultat d'un tel péché ? Dans quel atelier, devant quelle machine une autre femme, au XX^e^ siècle maintenant, passait des heures à coudre, pour gagner sa vie et élever seule son enfant ? Tout cela et tout le reste était presque resté dans la même obscurité qu'à l'heure où je m'étais penchée dessus. Mais je m'étais mise en mouvement. Et la mystérieuse odyssée dont parlait le préfacier traducteur de saint Augustin m'exaltait encore. J'avais écrit une quantité de messages à une quantité de femmes que je ne connaissais pas du tout ou peu, toutes m'avaient répondu, formant une immense toile d'araignée qui s'augmentait de leur curiosité et de leur bienveillance. J'avais posé quantité de questions sur les pratiques textiles dans les communautés religieuses, sur la manière dont on abandonnait un enfant, sur les manières de le reconnaître, sur la pratique de la couture dans le 18^e^ arrondissement de Paris, sur l'enfouissement des corps après que les concessions sont levées dans les cimetières, sur des inondations, des guerres, des bombardements, des documents d'état civil, des archives hospitalières, des calendriers révolutionnaires, j'avais posé des questions sur la laïcisation des lieux de soins, les maisons d'internement des filles-mères et les lois relatives au droit de la famille. Je ne savais pas dire ce que j'avais inventé de moi, pour moi, mais je savais que cela m'avait rendue à une grande disponibilité au monde, à ce monde de femmes qui créent, donnent naissance, meurent, pensent et écrivent. Lorsqu'un après-midi on prononça devant moi le nom de Ouassila, lorsqu'on me décrivit brièvement son travail, c'est cette disponibilité qui me fit presque immédiatement lui écrire et réserver un jour pour aller lui rendre visite à Reims. J'avais la certitude qu'il lui fallait entrer dans le livre. Ce que je ne pourrais pas dire en précision de ces gestes de femmes des siècles passés, peut-être pouvais-je le dire de ses gestes à elle, ma contemporaine, au présent.

J'étais désormais *une figure faible et puissante, idiote et savante. Folle et sage.*

*

Allongée sur la banquette mauve, je regardais les paysages défiler par les grandes baies vitrées. Je voyais beaucoup de ciel. Je rêvais qu'on me menât au désert. L'herbe au bord des rails devenait sèche et les cailloux se dispersaient dans de grandes étendues de sable. Un autre air, voilà ce que je m'entendais promettre par le train. Combien de temps durait le voyage ? Je ne me vis pas arriver à Reims, j'y étais transportée une troisième fois. J'avais empaqueté deux de mes livres et avais dormi dessus.

Ce rendez-vous ne ressemblait à rien que je connaissais et c'est évidemment ce qui faisait ma joie. Tôt le matin, avant que je ne parte, Suzanne avait longuement caressé mes cheveux en répétant : « Tu es la plus belle de toutes les mamans, tu es vraiment ma maman la plus chérie. » Mon crâne était posé sur ses petits genoux, elle caressait mon front dans ce perpétuel jeu d'inversion, reproduisant les gestes qu'elle m'avait vue faire. C'était donc ainsi que l'on grandissait, empruntant aux autres, rejouant leurs scènes, décalant leurs gestes, leurs bonheurs et leurs chagrins. Le soleil était franc, j'attendais Ouassila sur un des bancs de pierre devant la gare, la ville ne se ressemblait pas.

À son arrivée, un fleuve de paroles s'était ouvert. Quatre heures sans silence ou presque, d'abord en marchant, puis assises l'une en face de l'autre dans une petite cuisine, puis l'une à la place de l'autre dans la même petite cuisine, puis rapidement dans l'atelier, et de nouveau en marchant. Un fleuve de paroles dont je fus presque ivre et qui me fit douter encore – une fois rentrée chez moi – que tout cela avait eu lieu.

Lorsque je m'assis dans le train du retour, je notai en hâte des bouts de phrases pour me souvenir des crêtes de ce flot de mots. Je ne parvenais pas à refaire le chemin exact de notre longue conversation. Il me faudrait plus tard la retisser depuis les bribes qu'il m'en restait et ce n'était pas sans rapport avec le travail de Ouassila. Très vite, il fut question de la guerre d'Algérie. Sa mère lui en avait fait le récit depuis les yeux de l'enfant qu'elle était alors, son père manifestement moins disert, depuis le corps du combattant FLN qu'il était, lui, sur le sol français. J'étais étonnée d'y revenir, encore et encore, à cette guerre, aux traces qu'elle laissait ou ne laissait pas, ou laissait en creux dans les silences. Je racontai brièvement mes recherches et l'écriture de mon précédent livre, j'écoutai cette jeune femme affirmer tout ce dont j'avais fait l'hypothèse quinze ans plus tôt. Nous mangeâmes, c'était délicieux, nous évoquions l'effroi récent de la violence revenue, nous évoquions les mots qu'on fait dire aux autres avant qu'ils aient

parlé. « C'est comme certaines de mes œuvres, disait Ouassila, elles ont parfois à peine le temps d'être installées, à peine le temps de s'exprimer, qu'on leur fait dire, déjà, quelque chose qui fait peur. » Ouassila portait un jean noir, de grosses chaussures noires et un gilet chiné. Ses cheveux entouraient son visage arrondi, elle ouvrait parfois de grands yeux en souriant. « C'était quoi avant ici ? je demandai.
— C'était la maison d'un électricien ! Un jour que tous les plombs ont sauté, on a découvert qu'il y avait un groupe électrogène clandestin à l'étage. Ça a été un garage aussi, et puis c'était surtout un bordel, au début, un bordel avec des filles de la ville. Il reste des carrelages du bordel au rez-de-chaussée. » Je n'étais pas au bout de mes surprises. Je repensai à tous ces rêves du premier été et aux notes que je prenais sur les maisons qui y étaient souvent dérangées, en *bordel*. Je repensai aux couturières qui n'étaient pas putes. Je repensai à toutes ces femmes, mères d'enfants considérés comme illégitimes, qui, si elles n'étaient pas toujours traitées de putains, l'étaient aux yeux d'une grande part de la société. Me revenait aussi un drôle de souvenir d'enfance. Je rentrais de l'école en demandant que l'on

m'explique cette insulte, « ta mère la pute », qui m'avait chagrinée. Ma mère, dans le tout petit couloir de l'appartement, avait levé grossièrement sa robe en s'agitant : « Est-ce que je fais le trottoir en soulevant mes jupons ? N'écoute pas ces idiots ! » Plus que l'insulte, c'est cette drôle d'image qui m'était restée, drôle, mais désagréable, et qui, dans la cuisine de Ouassila, était revenue silencieuse, exactement comme elle avait ensuite disparu. Nous étions attablées sur les parfaites strates de l'histoire. Ouassila avait toujours aimé cela, moi aussi. Je regardai ses yeux ne pas s'embuer de larmes et ses lèvres ne pas trembler quand elle me dit au détour d'un commentaire sur l'époque que sa mère était morte au printemps. Je la regardai préparer le thé, je me demandais comment j'aurais prononcé cette phrase. « Je sais qu'elle a attendu que des choses bonnes arrivent pour ses enfants. Elle s'est incroyablement battue le temps que chacun réalise quelque chose d'important pour lui, partir aux États-Unis, se marier, et on peut dire… qu'elle a attendu que je devienne artiste. Pour ma mère, j'étais sa fille et j'étais tout. C'est bizarre de le dire comme ça, mais c'est vrai, elle m'avait attendue vingt ans. J'étais une sorte d'amie, et peut-être une mère pour elle à la fin. » Je pensai à la petite main de Suzanne sur mon front à l'aube, je racontai la scène à Ouassila.

J'imaginais le visage de sa mère à elle, je les imaginais toutes les deux, visiter les ateliers de tissage dans les villages algériens, j'imaginais les métiers restés en suspens, dans la lumière et la poussière, la laine comme prête à reprendre. J'imaginais ces ateliers exactement comme la bergerie du causse, juste à côté de la petite statue de la Vierge *Et à l'heure de notre ultime naissance*… dans la même lumière, exactement. « J'avais visité plusieurs anciens ateliers avec elle, ses vieilles amies me racontaient des tas d'histoires, elles étaient dirigées par un homme qui les aiguillonnait. Mais elles parlaient dans ces endroits, c'était aussi leur endroit à elles, leur travail ! »

Alors qu'elle étudiait aux Beaux-Arts, Ouassila avait entrepris de réaliser un tapis, en faisant tout, depuis la laine du mouton devenu fil jusqu'à la construction du métier à tisser. Elle s'était retrouvée face à un mur pendant des mois, à répéter exactement le même geste, et en avait éprouvé une grande lassitude. On lui avait dit : « Va chercher de la matière nouvelle ! Sors ! Va te promener ! » et elle l'avait fait, rapportant un sac de gravats d'un magasin de bricolage. Assise dans un bus, lasse, les yeux par la fenêtre, sa main, machinalement, avait défait le tissage du sac de gravats. Elle s'était observée faire, réalisant que dans cet inversement des choses, ce rebours, se dessinait un geste juste pour elle. Sur le même chemin, elle avait acheté deux tapis d'occasion, des tapis comme ceux qu'elle avait vus toute son enfance. De retour à l'atelier, elle avait commencé de les défaire, exactement comme le sac de gravats. Chacun des tapis qu'elle avait détissés ensuite avait son rythme et sa manière de raconter. « Quand je ne pouvais pas détisser plus loin, quand ça bloquait pour une raison ou une autre, c'était comme si quelqu'un me disait : *Je m'arrête là, je ne me souviens plus, je n'ai pas envie de t'en dire plus.* J'avais l'impression que chaque tapis avait sa manière de parler, et moi, en détissant, j'avais ma manière de les écouter. Ma mère, elle me disait toujours : *Ouassila, il ne faut pas que tu me caches des choses !*, mais moi je ne lui cachais rien, je lui disais tout, je lui répondais : *C'est toi qui me caches des choses, maman !* »

Enfant, Ouassila avait vite compris qu'il y

avait deux mondes pour les femmes que fréquentait sa mère. Elle s'était étonnée très tôt de la liberté, la gouaille, l'audace qu'elle entendait dans la vapeur des hammams, et de la discrétion silencieuse qu'elle pouvait observer dehors. « *Il faut frotter plus fort !* Ma mère, elle me disait ça, tout le temps. Je me souviens très bien d'un jour, elle avait une petite griffure dans le dos, et moi je faisais le tour délicatement avec le gant de crin pour ne pas la blesser davantage, elle s'était retournée pour me dire, vive : *Pourquoi tu évites la blessure ?* »

Depuis quelque temps, Ouassila avait une nouvelle œuvre en tête : un îlot de carrelage, construit par elle, pour évoquer ces salles de hammam dans lesquelles elle avait suivi sa mère enfant et jeune femme. Banlieue de Fès, ruelles de l'Essonne, Algérie, quartiers populaires de Beyrouth, un îlot de carrelage, qui dirait tous les hammams et qu'elle voulait frotter pendant de longues heures avec un gant de crin, comme le dos de sa mère, comme le corps que toutes ces femmes raclaient parfois jusqu'au sang et pour effacer quoi ? Ouassila y voyait un lieu où venir diluer les tabous dans l'eau qui coule, un lieu pour absoudre la faute, quelle faute ? Je lui racontai la Règle de vie des sœurs augustines et lui citai celle-ci de mémoire.

*On ne souillera pas son cœur en voulant ôter les taches de nos habits.*

Je lui racontai aussi pour la chemise de nuit blanche dans laquelle Madeleine avait voulu qu'on l'enterre.

On faisait maintenant bouillir de l'eau pour le thé, nos visages ne se perdaient pas dans la vapeur, mais cette petite cuisine devenait pareille aux hammams des banlieues de toutes les villes. On y glissait des phrases et des secrets que l'on n'aurait pas dits dehors. « Parfois ma mère me demandait de la laisser seule dans la salle chaude, elle restait allongée, avec elle-même, à suer dans les échos des paroles lointaines, et c'était pour moi un grand mystère ce qu'elle retrouvait là, à quoi pensait-elle tandis que son corps se ramollissait ? » Je racontai à mon tour le vieux hammam de Barbès à la façade carrelée dans lequel nous passions, ma mère et moi, quelques matinées de mon adolescence, et l'immense variété des corps de femmes que j'y découvrais.

Il y avait quelque chose dans le travail de

Ouassila qui me touchait profondément. Au-delà des passerelles multiples que je pouvais établir avec mes histoires à moi, il y avait cette façon de toujours vouloir fabriquer les choses depuis le début, pas la pelote, mais le tas de laine de mouton, pas la machine, mais le métier à tisser que l'on cloue soi-même, et quand elle ne faisait pas, elle défaisait au plus près de l'origine de l'objet. Je me souvenais des conversations et des histoires que l'on me racontait enfant juste avant le sommeil, et la manière dont, toujours, arrivée à un certain endroit, je décidais d'en remonter le fil pour savoir d'où l'on était parti. J'aimais cela plus que la conversation en elle-même, c'est une des raisons secrètes qui me faisaient être là. Dans la façon dont Ouassila avait inlassablement détissé des tapis pour l'une de ses œuvres les plus marquantes, je reconnaissais une manière de penser que j'affinais depuis l'enfance, une manière de remonter les pentes et le temps.

*

En rentrant de Chicago, quelques années auparavant, elle avait construit un mur en assemblant des briques avec de la pâte de henné en guise de ciment. Le mur, elle le défaisait et le déplaçait et le reconstruisait dix fois. Si bien qu'une fois monté à sa dernière place, on voyait les traces de ses différents déplacements, coulures de henné roux sur le sol, lignes de démarcation. Pénélope en aurait fait autant. Ouassila y racontait mille choses, dont le métier de son père, ouvrier en bâtiment, et la force de son corps à elle. Pour une autre œuvre, sur le balcon de son atelier, elle aspergeait régulièrement des plaques de ferraille avec l'eau salée pour les faire rouiller, gardant le souvenir marquant d'objets ramassés sur le littoral. Elle me montra le spray en disant : « Je fais la mer. » Évidemment, j'entendis *mère,* et elle désigna ensuite quatre photos d'identité épinglées au mur, parents, yeux d'aigle, cheveux amples. C'était très émouvant.

Juste avant mon départ, j'avais montré des images des courtepointes rémoises à Ouassila, elle m'avait montré les fameuses images des tapis détissés. Cela se répondait. Je l'imaginais passer des heures à remonter le fil de ses tapis, comme j'avais remonté le fil de ces générations de femmes aux filles illégitimes, qui disaient toujours à un moment donné comme les tapis de Ouassila : « Je ne sais pas, j'ai oublié, je ne peux pas t'en dire davantage. »

On allait se quitter. On se promit d'aller voir ensemble les courtepointes au musée Saint-Remi quand cela serait de nouveau possible. Une fois dehors, je levai les yeux vers la pancarte au mur, rue Madeleine. J'en ris aux éclats. Nous convînmes que les choses se passaient toujours de cette manière-là. Quand un travail était en cours, tout convergeait. Tout faisait signe et, les signes, nous y croyions toutes les deux. Nous marchâmes vers la gare, quatre heures venaient de s'écouler, exactement comme les journées se distendent à les passer près des rivières. Ouassila dit : « Il n'y a pas très longtemps, je descendais chercher mon vélo dans la petite cour de mon immeuble, j'étais en train de le détacher, et peut-être pour la première fois je m'entendis penser : *Maman me manque*, simplement, en ces termes-là, comme s'il y avait une petite place pour cette pensée, pour la première fois, des semaines après sa mort. Un courant d'air me fit tourner la tête. Sur la petite chaise qui restait toujours dans la cour, le vent avait déposé une minuscule photo d'identité, et c'était le visage de ma mère. »

*

Pendant plusieurs années, j'avais gardé comme en trésor le texte d'un film de Nurith Aviv où seules parlaient des femmes. Chacune était questionnée sur le prénom qu'elle portait et toutes commentaient des situations d'annonces présentes dans l'Ancien et le Nouveau Testament, le Coran ou les hadiths.

Marie, Hagar, Sarah, ces femmes des grands récits avaient peur, car toutes vivaient *l'impossible.* Au-delà de leur peur, c'est l'incessant retour du désert qui me marquait le plus. Il fallait que tout soit aride autour, qu'un vent soulève le sable ou la rocaille brûlante, il fallait que plus rien ne parle pour que l'on puisse soudain y entendre quelque chose. C'est pour cela, me disais-je, que j'aimais me figurer le croisement des chemins dans les histoires, balayés de vents chauds désertiques. Et c'est peut-être dans la sorte de désert de paroles, le silence laissé par les femmes qui composaient cette lignée, que j'écrivais depuis l'enfance.

Les textes racontaient que Sarah, infertile, avait ri devant l'annonce de la venue prochaine d'un enfant. Un rire souvent commenté comme celui de l'incrédulité. Mais l'une des femmes du film l'entendait autrement. Elle était psychiatre dans une maternité à Saint-Denis, et ce rire, disait-elle, « je l'entends parfois. Au cours d'une séance, quelque chose se dit, les femmes entendent, reconnaissent leur désir, et surgit, comme ça, un rire, qu'elles voudraient contenir. Mais c'est un débordement, c'est un rire qui témoigne d'une jubilation. En même temps, il dit leur timidité face à la possibilité qu'arrive ce qu'elles espèrent, ce qu'elles désirent si ardemment et qui était jusque-là entravé, interdit, impossible. C'est souvent un moment de bascule, un moment de consentement à ce que puisse arriver, ici, un enfant ». Cette femme médecin était très lumineuse, filmée dans l'endroit même où elle recevait tant d'autres femmes en consultation, elle m'avait fait rire de ce rire-là. Celui de l'évidence devant la justesse de ses propos. Elle s'était mise à raconter une histoire : « Je me souviens d'une jeune patiente qui avait déjà vécu cinq fausses couches. Elle avait été élevée par sa grand-mère, comme tous ses frères et sœurs, elle aimait énormément cette grand-mère. À plusieurs reprises, elle disait dans le cours de l'entretien : "Ma mère n'a rien fait pour moi." À un moment donné, je lui renvoie que, quand même, sa mère l'avait portée et que ce n'était pas rien. Un silence. Là-dessus, la femme éclate en sanglots et évoque la rancœur qu'elle lui voue. L'entretien se clôt et je lui propose un rendez-vous une semaine plus tard. Quand elle revient, la jeune femme, assez détendue, me raconte que le soir même, le soir du premier entretien, elle a fait un rêve, et que dans ce rêve elle portait un enfant vivant. Depuis toutes ces années où elle avait fait ces fausses couches, elle avait très souvent rêvé d'enfants, mais toujours d'enfants morts. C'était la première fois qu'il y avait un enfant vivant dans son rêve. Elle a du mal à le dire, elle se tait, puis elle a un petit rire, comme si tout à coup c'était possible. Voilà. Je la reverrai deux ou trois fois et elle accouchera à terme d'un enfant en parfaite santé. »

*

On me fit trois annonces.

*

J'avais ralenti en l'apercevant. Le dégarni de ses ailes blanches, les plumes factices mal accrochées, son corps long, très haut, surmonté d'une fleur de tournesol, tout détonnait. Il tenait sous son aisselle droite une sorte de grand ballon. Au passage clouté, il le posait au sol et le faisait rouler du pied. De nouveau sur le trottoir, il le remettait sous son bras. Cela, pendant tout le temps que je passai à l'observer. Je m'attendais à le voir faire l'équilibriste. Les deux côtés de son crâne étaient rasés, une mèche brune épaisse ramenée en arrière sur le dessus. Habillé de sombre, les ongles peints en noir, ses deux jambes maigres étaient moulées d'un jean gris, les ailes d'ange pour seule touche de clair. Je le dépassai et me retournai pour apercevoir son visage. Il avait la peau marron, la bouche généreuse, presque maquillée, le visage très fin. Je n'osais pas croiser son regard et ne voyais que les longs cils. Autour de son cou, une pancarte retenue par de la corde arborait un texte écrit au feutre : « Il n'y a pas de hasard, que des rendez-vous. » Je pilai soudainement devant une voiture à qui je venais de refuser la priorité. Je repris mes esprits en regardant s'éloigner l'ange vagabond, passage clouté, ballon poussé, ballon sous le bras, pancarte du hasard. Je souriais dans la sueur froide d'avoir évité l'accident. Il disparut, pieds nus, dans le trafic du matin, je n'aurais pu jurer l'avoir aperçu.

Quatre jours plus tard, au matin, à l'autre bout de la ville, devant un piano à queue, Rachel avait réuni un petit groupe de marginaux, exilés, jeunes migrants. En prononçant quelques mots, avec ou sans musique, ils dansaient. Suzanne s'avança sur le bitume, esquissa avec eux quelques pas et commença à tourner sur elle-même. Ivre de son mouvement, elle tomba brusquement au sol. Un homme très grand, très fin, les yeux rouges, accourut pour lui tendre la main. Dans la ceinture de son jean gris, un revolver en plastique m'inquiéta. Son tee-shirt relevé laissait voir sa peau marron et très sèche. Dans son dos, les ailes déplumées blanches. Il ne portait plus de pancarte, mais c'était l'ange noir de l'avenue qui relevait ma fille et la remettait dans la ronde. Je repensai au chat noir qui traversait l'Annonciation peinte par Lorenzo Lotto en 1534. On disait de l'animal qui passait dans la pièce qu'il était une créature du diable. Je l'avais toujours trouvé plus effrayé qu'effrayant.

*

« Mohamed est mort hier soir. » Je pleurais en fixant les arbres, immobile. Je pleurais sans m'arrêter, des larmes comme celles de Madeleine, en pierre sauvage, celle de l'immeuble, celle de notre feu palier commun à Mohamed et à moi. Il avait choisi un autre prénom pour apparaître dans un autre livre, et Sabine me consolait en disant qu'il y vivait désormais. Il y vivait sous son prénom de roman, à l'abri des pages, et c'était bien comme ça. Et moi je me disais cela aussi, que c'était bien comme ça, mais au fond je croyais qu'avoir posé tant et tant de questions sur sa vie, avoir demandé le nom des rues, celui des gens, celui du fils mort, la drogue, la guerre, à avoir demandé toutes ces choses pour les écrire, je l'avais tué. Je pleurais avec un peu de honte étrange, retenue, et la peur idiote de faire mourir tante F. en écrivant ce que j'écrivais maintenant.

Je revoyais le visage de ce vieil homme qui avait ouvert sa porte et son cœur, raconté ce qu'il avait bien voulu retrouver de sa mémoire, je revoyais tante F. et me demandais si les livres étaient davantage le royaume des morts ou celui des vivants.

Cette fois, ce sont les yeux sombres et les paumes de la Vierge du Quattrocento, ces trous noirs effrayants, qui me revenaient, elle disait : « Non, pas moi, pas maintenant, pas ce que vous avez écrit en avance. » Je retrouvais intacte sa crainte et celle que je nourrissais à l'égard des paroles oraculaires.

*

Nous étions sur le départ. C'était l'été. C'était donc de nouveau l'été et cette boucle me paraissait inouïe. Une année avait passé depuis ma rencontre avec la statue de la Vierge au croisement des chemins cévenols. Une année depuis cette histoire attrapée au vol et cette phrase

*Et à l'heure de notre ultime naissance.*

Lorsque j'expliquai à Suzanne que nous allions de nouveau dormir sous la tente pendant plusieurs semaines, qu'elle aurait une sorte de chambre, que nous aurions la nôtre, qu'il suffirait le soir de rabattre la toile avec une fermeture éclair pour refermer sa cabane, elle se tut un instant et puis elle demanda :

« Rabattre la toile pour pas entendre quoi, maman ? » Je restai silencieuse à mon tour. Suzanne reprit : « Pour pas entendre l'orage ? »

Suzanne savait-elle qu'un orage d'été, quelques années plus tôt, en me révélant à la mort, m'avait ouverte à la vie ? Savait-elle que les enfants arrivent avec les éclairs, leur exacte joie, leur exact mystère ? Savait-elle alors qu'un orage reviendrait ?

# ÉPILOGUE

Elle avait pris chaque jour d'été comme un brin de laine doré. Alignés en fonction de la lumière, ils ressemblaient à une échelle. Elle les avait laissés sécher dans la chaleur des montagnes, les avait regardés se rapprocher de la paille, avait, un temps, envisagé d'en fabriquer un toit et s'était rabattue sur l'idée d'en fabriquer une natte. Elle avait fermé les yeux en marchant, parlé à voix haute quand le sentier était désert et chanté à voix basse la somme des jours. Brins de paille, brins de laine. Elle avait embrassé comme elle le faisait enfant leur nombre pareillement à un corps, avait retrouvé la joie de compter et désappris cela dans la même allégresse. Quelque chose en elle avait grandi, au plus secret, comme à son insu, une réserve de jours – brins de paille, brins de laine – qui bientôt seraient un lit où étendre ses jambes et regarder autour. Elle avait laissé flotter son corps dans l'eau gelée des lacs d'altitude, écarté doucement les algues brunes et les insectes de surface, avait joué avec le moindre petit banc de poissons. Elle avait abandonné une partie d'elle-même à chaque col qu'elle avait dépassé et cela sans jamais vomir, alors que le cœur, pourtant, venait au bord des lèvres. Elle avait détaillé la chevelure d'une bergère solitaire à mille mètres d'altitude, qui était d'abord grimpée pour la lavande sauvage, mais avait, un jour, entendu en rêve le nom d'un animal. Elle en avait composé un troupeau. Elle avait rêvé, elle aussi, d'une vieille femme qui la sermonnait : « Ne plonge pas dans ta blessure, ne pense pas dans ta blessure », et, toujours dans ses rêves, elle avait demandé qu'on ne soit pas trop dure avec elle, qu'elle reviendrait pour la discussion, qu'évidemment elle aurait ce courage. Elle avait fait d'autres rêves, mais n'en avait noté aucun, parfois elle y était divisée, parfois elle y était réunie, toujours la compagnie des chevaux, celle des livres, et celle de trampolines géants sur lesquels elle rebondissait. Elle avait confondu, le soir, le bruit d'une haute cascade avec le souvenir d'un concert de musique puissante, elle avait écouté un vieux monsieur dire que, peut-être, à ce rythme-là, c'était la montagne entière qui était en train de fondre. Elle avait observé la lune se lever dans le triangle que formaient deux montagnes, et un autre soir, la lune, la même, n'est-ce pas ?, absolument différente, se prendre dans des buissons, n'être qu'un amas de lumière qui s'accroche comme un chemisier blanc dans les ronces. Elle s'était demandé à quoi ressemblerait une vie entière passée là-bas, au milieu des bêtes et des rochers. Elle avait pensé à l'alignement des brins dorés des jours qui bientôt lui feraient une natte pour dormir, exactement comme les ouvriers de passage à la ferme tombent le soir, après le travail ou après le vin, d'une lourde fatigue, sur une botte de paille qui leur laissera quelques entailles dans le visage au réveil. Elle avait pensé au travail qui l'attendait. Elle avait écouté les chagrins de son enfant et observé se former des boules de chaleur et de lumière lorsque la joie emplissait ce quand-même-tout-petit cœur. Elle avait plongé des cailloux plats dans le torrent gelé pour soulager la douleur d'une chute sur son tout-petit dos. Elle avait mangé les mêmes aliments à la même heure et du désir sous le même toit de toile. Elle avait aimé que les choses simples se répètent jusqu'à dévoiler leur plus grand dénuement. Elle avait porté les mêmes vêtements, elle avait dit, dans la nuit noire, au son des chouettes, au son des cloches : « On est là, Suzanne, tu peux te rendormir, va. » Elle avait essayé de tout simplifier et tout était devenu plus simple, jusqu'à presque rien, une chanson en italien sur une route étroite et des murs chauffés de soleil. Et puis un autre air, d'autres mots, chantés lentement sur les notes de Fauré,

*le long des quais les grands vaisseaux,*
*que la houle incline en silence,*
*ne prennent pas garde aux berceaux,*
*que la main des femmes balance.*

Elle avait attendu l'orage, complice, guettant les ciels noirs et l'excitation des chiens. Elle n'avait rien vu venir que de grosses averses rafraîchissantes, et ce chien, qui avait peur, tapi presque sous la porte, que son vieux maître italien appelait Achille… Elle avait dormi quand il le fallait, s'était fait piquer par une guêpe, sans bataille, sans menace, sans agacement, en allant chercher l'eau à la fontaine, une piqûre immédiate et forte qui lui avait engourdi le doigt et dont elle avait aimé la douleur. Elle avait préféré cette douleur à l'insecte qui lui tournait autour. Elle avait tapé l'encolure des chevaux, embrassé leurs naseaux dans la poussière d'un après-midi chaud, observé trois poulains, aussi, qui se prêtaient leurs mères. Elle avait écouté son enfant changer d'âge en permanence. Elle n'était retournée sur aucune trace, dans aucun lieu connu, et cela grâce à l'homme qui la suivait des yeux. Elle n'avait bouclé aucune boucle, rien refait pareil, rien fait comme on avait dit, et quand l'orage éclata enfin, c'était la toute fin de l'été, il était très fort, désormais les montagnes étaient loin, elle avait écouté dans la nuit noire tous les sons se cogner sur les murs de la maison. Elle l'aurait aimé plus proche encore, plus effrayant, mais elle s'était laissé faire par l'orage, les longues minutes qu'il avait duré, et le lendemain, dans une lumière jaune, sur la plage quasiment déserte et paraissant plus longue que d'habitude, elle avait nagé sur une mer lavée, très calme, peuplée de dizaines de mouettes, mieux dessinées que d'habitude, qui semblaient ne rien vouloir froisser. L'horizon plus net et plus foncé, elle avait nagé longuement, avait regardé les deux corps jaunis de lumière, tout là-bas sur le sable, tellement loin d'elle, un tout petit corps et un grand, Suzanne et son père, dont les proportions s'inversaient. Il n'avait pas été question de trouver cela beau, mais de laisser entrer en elle une lumière comme ça. Elle avait fini par être un des brins de laine dorée des jours, un petit brin de paille à côté d'un autre, presque allongée sur elle-même, tandis qu'elle flottait, ventre, seins, visage, tournés vers le ciel, sur une mer désormais inconnue.

## *Emprunts, citations, remerciements*

Dans le désordre : la préface à la traduction des *Aveux* de saint Augustin par Frédéric Boyer ; les recherches de l'historienne Nicole Pellegrin sur les femmes et les travaux d'aiguille ; les recherches de la sociologue et historienne Nadine Lefaucheur, notamment sur les filles-mères ; les écrits de l'historienne Michelle Perrot ; *Les Disparus* de Daniel Mendelsohn ; une strophe des « Berceaux » de Sully Prudhomme mis en musique par Gabriel Fauré ; plusieurs vers traduits par Jean-Yves Leloup de *L'Évangile de Marie* envoyé par Pacôme Thiellement ; le livre *Origines et symbolisme des productions textiles : de la toile et du fil,* de Jacques Bril, suggéré par Jacques Leenhardt ; le livre *Marie-Madeleine, la fin de la nuit,* de la théologienne Sylvaine Landrivon ; le film *Annonces* de Nurith Aviv ; le livre de Carlo Ossola, *Marie* ; les films de Sophie Bredier, *Nous, les filles-mères* et *Maternité secrète* ; les recherches d'Évelyne Taquet de Caffarelli sur l'industrie textile à Reims.

J'adresse un immense merci : à Astrid Castres,

maîtresse de conférences à l'École pratique des hautes études, pour ses précieux conseils de lecture, toutes les pistes, textes, images, visites. À Nicole Pellegrin, « on a les hasards qu'on mérite ». À Sheila Hicks pour le « super oui ». À Sonia Chiambretto de m'avoir soufflé le nom de Ouassila. À Ouassila Arras, pour son travail, le délicieux repas et le fleuve de conversation. À Sonia C. pour la si précieuse piste de l'Annonce (entre mille autres choses). À Sabine Wespieser, sans qui le texte (celui-ci plus que les autres) ne serait pas là (quelle confiance, quelle tranquillité, quel travail). Aux personnels des archives municipales de Reims. À tou.te.s les conservateurs.trices de cimetières pour leur patience et leur loufoquerie. Aux personnels du musée Saint-Remi de Reims. À mes chères amies. À mes amours.

Enfin à Pascale, Martine, Françoise et Jean-Loup.

## *Crédits*

### TEXTES

CHAR René, « Madeleine à la veilleuse », section « La Fontaine narrative », in *Fureur et mystère.* Paris : Gallimard, coll. « Poésie / Gallimard » (n° 15), 1948 pour la première édition.

CHAR René, « Madeleine qui veillait », section « Pauvreté et privilège », in *Recherche de la base et du sommet.* Paris : Gallimard, coll. « Poésie / Gallimard » (n° 77), 1971 (le poème « Madeleine à la veilleuse » est écrit en 1947. En 1948, René Char écrit un poème en prose intitulé « Madeleine qui veillait, une communication ? » où il relate l'anecdote de la rencontre dans le métro après l'écriture du premier poème).

LELOUP Jean-Yves, traduction et commentaire de « L'Évangile de Marie ». *Myriam de Magdala.* Paris : Albin Michel, coll. « Spiritualités vivantes », 1997 ; coll. « Espaces libres », 2000.

LONDRES Albert, reportage pour le journal *Le Matin* à propos de l'incendie de la cathédrale de Reims. 1914.

MENDELSOHN Daniel, « Les Disparus » (titre original : *The Lost : A Search for Six of Six Million*). Traduit de l'anglais par Pierre Guglielmina. Paris : Flammarion, coll. « Essais », 2007.

OSSOLA Carlo, « Marie ». Montrouge : Bayard, coll. « Religions et Société », 2019.

PRÉVERT Jacques, « La Lessive », in *Paroles.* Paris : Gallimard, 1946 pour la première édition.

QUERLIN Marise, « Les Ventres maudits ». *Les Filles-mères.* Paris : Les Éditions de France, 1928 pour la première édition.

SAINT AUGUSTIN, « Les Aveux ». Nouvelle traduction des *Confessions* et préface de Frédéric Boyer. Paris : P.O.L, 2008.

SULLY-PRUDHOMME, « Les Berceaux », section « Mélanges », in *Stances et Poèmes.* Paris : Alphonse Lemerre, 1865 pour la première édition. Mélodie de Gabriel Fauré.

## ARCHIVES

GIVELET Charles, « Les Toiles brodées. Anciennes mantes ou courtepointes conservées à l'Hôtel-Dieu de Reims : rapport lu à l'Académie de Reims dans la séance du 30 juin 1882 » suivi d'une étude comparée entre les toiles de Reims et celles des musées de Suisse et d'Allemagne par Louis Demaison. Reims : Imprimerie coopérative, 1883 (Gallica.bnf.fr).

Document de 1895 décrivant les courtepointes rémoises in Bulletin monumental publié par la Société française d'archéologie. Paris, 1895 (Gallica.bnf.fr).

Extraits des archives hospitalières de la municipalité de Reims.

« Règle de saint Augustin. Et Constitutions pour les religieuses de l'Hôtel-Dieu de Reims ». 1884.

Courrier du sous-préfet de Reims (Léon Bourgeois, nommé le 17 novembre 1880) au préfet de la Marne, 3 février 1881. Archives départementales de la Marne (patrimoine51.forum-actif.net).

« Les Religieuses augustines de l'hôtel-Dieu de Reims ». Reims : Hirt & C^ie^, 1927.

## FILM

Aviv Nurith, « Annonces ». RDM édition, 2013.

## DE LA MÊME AUTRICE

*Chez Sabine Wespieser éditeur*

POLAROÏDS, 2013

ACHILLE, 2015

CLIMATS DE FRANCE, 2017

SAGES FEMMES, 2021 (Folio n° 7196)

*Tous les papiers utilisés pour les ouvrages*
*des collections Folio sont certifiés*
*et proviennent de forêts gérées durablement.*

*Composition Nord Compo*
*Impression Novoprint*
*à Barcelone, le 15 février 2023*
*Dépôt légal : février 2023*

ISBN 978-2-07-296660-6 / Imprimé en Espagne

**402080**